Joacă-te cu mine!

L. M. Aria

Editor: Irina Dumitru
Tehnoredactor: Raluca Irimie
Copertă: Andra Gheorghe

Descrierea CIP a Bibliotecii Naţionale a României
ARIA, L.M.
Joacă-te cu mine / L.M. Aria. - Gilău : Cassius Books, 2020
ISBN 978-606-95051-5-1

821.135.1

„Infernul sunt ceilalți."

Jean-Paul Sartre - Uși închise - 1944

Pentru sora și soțul meu.

Vă mulțumesc pentru ajutorul necondiționat și încredere.

CAPITOLUL 1

În fiecare zi mă trezesc în jurul orei cinci. Când ies, sunt singur pe stradă, iar asta îmi oferă un sentiment pozitiv de care nu am parte când ajung la muncă. Îmi place să alerg, să mă mențin în formă și să fiu pregătit pentru orice eventualitate. Cursa mea zilnică este mereu aceeași: o iau la dreapta pe Mayan Way, apoi pe Tachbrook, traversez parcul și ajung pe strada mea.

În câteva ore, Claire se va trezi. E ziua ei, însă nu am dispoziția necesară pentru a zâmbi și a mă preface că totul este în regulă.

Intrând pe Coppice Road, drumul care duce spre parc, ceva ciudat îmi atrage atenția într-un boschet, undeva puțin în fața mea. Probabil că n-aș fi observat nimic, dacă acea tufă nu ar fi fost căzută la pământ. Îmi scot căștile și, pe măsură ce mă apropii, ochii încep să mă usture și o senzație de greață îmi inundă gura. Reușesc doar să mă dau câțiva pași înapoi și să-mi vărs mațele pe unde nimeresc. Imaginea îmi bântuie vederea în continuare, iar genunchii îmi tremură. Mă las ușor pe pământ și închid ochii, încercând să mă adun. Scot telefonul din buzunar și o apelez pe Melissa, prima persoană la care mă gândesc.

— Alo? spun cu vocea răgușită, încă simțind gustul acru ce îmi deranjează papilele gustative.

— *Derek, tu ești?*

— Da. Am nevoie de tine.

— *Ce s-a întâmplat?*

— Nu am văzut în viața mea ceva atât de abominabil. Trebuie să trimiți pe cineva aici imediat!

— *Ce ai văzut?*

— Sunt în parcul din apropierea casei mele, știi care. Te aștept aici.

— *Ajung imediat.*

CAPITOLUL 2

De obicei, eram chemat de echipa de criminalistică la locul incidentului, unde mi se aducea la cunoștință situația. Medicul legist, James, își expunea presupunerile, iar apoi, dacă era în jurisdicția mea, preluam cazul. De această dată, totul a fost schimbat la o sută optzeci de grade, iar eu am fost luat total pe nepregătite.

Echipa de laborator a ajuns în jur de un sfert de oră, iar la puțin timp, Melissa. În toată această perioadă, am rămas la distanță de scena înfiorătoare.

— Derek, spune-mi ce este, zice, apropiindu-se de mine cu pași repezi.

Părul îi este răvășit și pare să se fi îmbrăcat pe fugă. Între mine și șefa mea, tot timpul e un fel de tatonare. Amândoi nutrim sentimente vechi, dar nu ne permitem să le scoatem la suprafață. Eu sunt însurat, iar ea este deja la a nu știu câta relație. E o femeie frumoasă și inteligentă. Întotdeauna mi-a amintit de Cleopatra, nu numai datorită atitudinii, ci și pentru că poartă părul negru și lung lăsat pe spate, bretonul tuns drept acoperindu-i fruntea.

Uneori nu pot să mă abțin să nu îi admir formele, deși acest moment nu e deloc oportun pentru asta.

— Trebuie să fie ceva cu adevărat paranormal, de ești în starea asta, spune Melissa. Apropo, ți-ai chemat echipa?

— La naiba! Știam eu că mai era ceva de făcut. Îi sun acum!

— Am făcut-o eu deja. Am presupus că ai uitat. Sunt pe drum.

Dezgustat și cu stomacul făcut ghem, mă apropii de James, care pare să aibă totul sub control, lăsând-o pe Melissa puțin să digere pentru câteva momente tabloul de coșmar.

— Dumnezeule, spune ea, cu fața schimonosită de repulsie. Cine să facă una ca asta?

Asta m-am tot întrebat și eu, dar până să mai spun ceva, se declanșează o nouă rundă de vomat. Deși lucrez de ceva vreme în poliție, am început a prinde ceva încredere, însă ce văd aici întrece orice experiență.

În fața noastră se desfășoară scena morbidă a unui cadavru sau ceea ce a mai rămas din el, tranșat în bucăți. Are mâinile detașate de corp, cea dreaptă retezată de la umăr la cot, apoi de la cot la palmă. Lângă cea stângă, zac două degete. Un picior e tăiat în patru bucăți aproape egale, iar celălalt retezat de la genunchi și șold. Toate cele zece degete de la picioare prezintă leziuni și niciunul nu e la locul lui. Capul e doar o carcasă goală, fără creier. Ce a mai rămas din corp e răsfirat pe o suprafață prea mare pentru a desluși ce-i lipsește și ce nu. Bucățile de carne desprinsă și oase sunt împrăștiate pe iarbă, implorându-mă parcă să refac puzzle-ul distrus de un copil răzgâiat.

— Ia uitați-vă la asta, strigă James, ridicând o foaie îndoită pe jumătate.

Melissa apucă hârtia de un colț cu o mănușă de unică folosință, se uită la ea curios, dar nu reușește să o descifreze. Sângele e îmbibat pe o suprafață prea mare pentru a fi lizibil.

— Pare a fi un mesaj. Îl voi trimite la laborator.

CAPITOLUL 3

Alerg spre casă. Cu fiecare pas pe care-l fac, mă simt urmărit. Întorc capul, dar nu este nimeni în jurul meu.

Odată ajuns, simt nevoia disperată de un duș. Las apa să-mi acopere corpul. Stropii parcă mă ard, făcându-mi pielea să usture.

— Derek, ești bine? o aud pe Claire.

— Da, sunt în regulă, îi răspund.

De parcă o interesează pe ea asta...

— Este târziu și ești acolo de câtva timp. S-a întâmplat ceva?

Acum mă mai și cronometrează cât stau la duș! Chiar nu este momentul oportun pentru a-mi ține evidența.

Iau prosopul, îl pun în jurul meu și ies din cabină. Ea stă în prag, privindu-mă nedumerită.

Deși vreau să-i spun ce am văzut, nu pot încă.

— Te schimbi? Mergem la muncă?

Deși lucrăm în două locuri diferite, insistă să părăsim casa împreună. Chiar nu înțeleg de ce. Oricum plecăm cu mașini diferite.

— Sunt gata în câteva minute.

— Mă duc să fac o cafea, zice ea.

— Tu ai terminat?

— Da! De vreo zece minute.

Mă grăbesc să mă îmbrac, conștient fiind că va trebui să îi spun ceva, altfel va intra la suspiciuni absurde. Claire este terapeut și prin natura profesiei sale, miroase de la o poștă minciuna.

Cobor în grabă și o văd stând rezemată de blatul bucătăriei, așteptând.

—Sigur s-a întâmplat ceva!

— Am preluat un alt caz, spun.

— Ar trebui să fiu îngrijorată?

— Încă nu am detalii, voi merge la birou să aflu mai multe.

— Înțeleg. Între timp, nu ai uitat ceva?

— Ce? întreb, uitându mă în jurul meu în căutarea obiectului pierdut.

— Poate să-mi spui la mulți ani?

— La dracu! La asta m-am gândit toată noaptea și totuși mi-a scăpat.

Dacă mi-ar cere cineva să-mi caracterizez soția, aș spune doar atât: mama. Încep să cred cu tărie vorba din bătrâni „de ce fugi de-aia dai". Posesivă, autoritară, critică până în pânzele albe, tot timpul nemulțumită și categorică.

Standardele îi sunt foarte ridicate în legătură cu orice, iar ambiția uneori o duce atât de departe, încât nu i-ar păsa dacă și-ar băga la pușcărie chiar și propria familie, atât timp cât ea câștigă.

— Îmi pare rău. La mulți ani!

— Mulțumesc! Acum spune-mi, ce ți-a stricat ziua atât de tare?

Cred că ar fi mai bine să îi povestesc despre descoperirea sinistră, pe scurt, fără detaliile care mi-ar face stomacul să se întoarcă împotriva mea.

— În parcul prin care mereu alerg, am dat de un cadavru dezmembrat.

— Cineva cunoscut?

Întrebarea ei mi se pare complet neadecvată. Și reacție... zero.

— Nu. De fapt, nu știu încă. Voi afla mai multe pe parcursul zilei de azi.

— Sper să elucidezi cazul și să-l prinzi înainte să mai comită și alte atrocități.

— Ce te face să crezi că ar mai ucide?

— Doar îmi dădeam cu presupusul. Nu mai e nici asta posibil? Hai să o lăsăm baltă.

— Fie. Ne vedem diseară!

CAPITOLUL 4

Cazul în curs este primul pe care-l am ca și detectiv.

— Vreau să aud că ați descoperit ceva, îi spun echipei mele.

— Nu, nu încă. Așteptăm să ne sune medicul legist sau echipa de laborator. E prea devreme pentru presupuneri, zice Maya cu o expresie ușor dezamăgită.

— Unul dintre voi să mă sune imediat cum se află vreo informație utilă!

Mă-ndrept spre biroul Melissei, așteptându-mă să fie extrem de stresată. Trebuie să țină presa la distanță și cred că se luptă și să ia cazul în jurisdicția noastră. Ciocăn ușor, apoi intru.

— Bună, Mel! Deranjez?

— Ce mai zi! Sunt până peste cap în hârtii. Spune-mi, ai aflat ceva?

— Nu. Tocmai ce am ajuns. Te țin la curent. Dar nu de asta am venit. Voiam să te întreb, ești bine?

— Definește bine. Avem un criminal în libertate, iar tu ești cel care a văzut primul locul faptei și, pe deasupra, l-ai și „contaminat". N-avem niciun punct de pornire. Dar da, pot spune că sunt ok.

— Nu-ți face probleme, totul se va rezolva. Îi vom da noi de cap.

Mă pregătesc să plec din biroul ei, când o aud strigându-mă:

— Derek?

— Da?

— Legat de diseară, nu cred că am cum să vin, îmi pare rău.

— Înțeleg, spun cu vocea scăzută. Nu poți, pentru că...

— Pentru că nu am cum, e mai bine s-o lăsăm așa.

— Bine, zic, ieșind din încăpere cu fruntea plecată.

Îmi rezem corpul de perete și rămân așa câteva secunde. Nu știu cu ce să încep și nu am nici cea mai vagă idee cum să dirijez această investigație. Telefonul vibrează în buzunar, iar pe ecran scrie *Maya*. Mă adun puțin și apoi îi răspund:

— *Vino la morgă! Am noutăți.*

În sfârșit ceva de care să mă agăț. Birourile noastre sunt mai mult open space, ca o cameră imensă separată pe secții: cum urci câteva trepte, la doi pași spre dreapta e Melissa. La parter e o încăpere mare în care stau agenții de teren și detectivii. Fiecare cu al lui colțișor. Nu poți face nimic fără să fii observat. Într-un fel, e bine, dar nu tot timpul.

Cobor scările în viteză și o iau pe holul întunecos, de care nimeni nu s-a ocupat cu iluminarea, indiferent de câte ori le-am sugerat asta. Aproape de capătul lui, un mix de arome de mucegai, urină și formol mă îndeamnă să duc mâna la gură. Ușile automate se deschid, iar înăuntru mă așteaptă medicul legist, John și Maya.

— Ce ați aflat?

— Bună ziua și ție, spune medicul.

Îmbrăcat mai tot timpul în salopetă albă, mic de statură și cu mers puțin legănat, James este cel mai în vârstă dintre noi și cu cea mai mare experiență în anatomie. A ales această cale de când era mic. Pe la șase ani, tatăl lui a murit într-un accident rutier. Cadavrul îi era de nerecunoscut. Când l-a văzut în sicriu, era complet schimbat. Nu i se mai zăreau vânătăile, rănile deschise și nici sângele. Era curat și îmbrăcat frumos. Și-a întrebat mama dacă tatăl lui chiar era mort sau doar dormea. Aceasta i-a spus să își amintească de cum era în viață, nu cum era atunci. Copilul s-a apropiat de cadavru și a observat că avea capul prins de jur împrejur cu un pansament alb, ca să îi poată ține în loc pielea și oasele ce se detașaseră din cauza accidentului. Atunci, James a înțeles că trebuie să fii frumos când mori.

A urmat Medicina și a optat pentru medicina legală. Este cu noi de mulți ani, cu mult înainte ca eu să ajung aici.

De când îl știu ne-a tratat, pe mine și pe echipa mea, ca pe proprii lui copii. Poate și din cauza faptului că băiatul lui s-a sinucis din dragoste neîmpărtășită. Asta pentru el a fost încă o tragedie peste care nu a putut trece. Deseori l-am prins vorbind singur, pomenind numele fiului său.

Are o dexteritate neînchipuită când vine vorba de cadavre. Le trata ca și cum erau în viață. Îl surprindeam vorbind cu ele, de parcă le-ar asculta și ar fi așteptat un răspuns la poveștile lui.

— Ce ai aflat? Este ceva ce putem folosi?

— Ei bine, continuă doctorul, am vești proaste și poate și bune, depinde cum privești situația.

— Ia-o cu începutul!

— Nu vorbim de un cadavru, ci de trei diferite, părți din ele asamblate pentru a forma un întreg.

Am rămas fără cuvinte. Nu am înțeles nici acum de ce cazul ăsta îmi provoacă o stare continuă de stres și agitație. Mă întreb când am ajuns să fiu atât de speriat de moartea unor oameni pe care nici nu i-am cunoscut. Niciodată în trecut nu m-am simțit atât de conectat la vreun eveniment.

— Prima victimă este bărbat, caucazian, undeva în jur de patruzeci și cinci de ani, brunet. Doar mâna și piciorul stâng îi aparțin. A doua victimă are trunchiul, capul și mâna dreaptă. Este o femeie, în vârstă de patruzeci și trei de ani, tot brunetă. Celei de-a treia victimă îi aparține doar piciorul drept. După cum arată pielea și părul subțire, aș putea spune că este de vârstă înaintată, vreo șaptezeci de ani. Treaba asta, pe cât de ingenioasă e, pe atât de morbidă. Dacă le pui laolaltă, toate aceste bucăți de pe masă formează un întreg corp. Nu mai mult, nu mai puțin.

— Deci, ce îmi spui tu este că trei oameni au fost ciopârțiți de-a binelea. Vorbim de un profesionist?

— După modul cum aceste membre sunt despărțite de trup, pot spune cu siguranță că vorbim de o persoană care știe ce face. Uite, dacă te uiți la piciorul stâng, tăietura e dreaptă. Pur și simplu piciorul i-a fost tranșat. Iar de privești cu atenție la cel drept, carnea a fost înlăturată, apoi osul desfăcut în bucăți cu o oarecare precizie și același instrument. Asta ne duce cu gândul că are experiență.

— Sunt identificați?

— Vom merge la laborator după ce terminăm aici. Au fost recoltate probe. Cu puțin noroc, poate avem deja numele acestor persoane.

— Bine, haide să mergem! Mulțumesc, James.

Adevărul este că abia aștept să ies din locul ăsta. Mirosul îmi dă o stare de greață pe care nu mai pot să o controlez mult timp.

— Ăsta este un caz dat dracului, spune Maya. Nu știu cum de am ajuns atât de rău. Parcă suntem în Statele Unite. Acolo nu trece un minut fără ca cineva să fie omorât. Criminalul trebuie să fie un bărbat, așa zic.

— De ce? O femeie nu ar putea să facă asta? întreabă John, atacat de remarca ei.

— Nu, nu cred. O femeie este mai sensibilă și nu am auzit de niciuna care să fi săvârșit asemenea fapte.

— Te înșeli. De exemplu, Mariam Soulakiotou, Femeia Rasputin: a cauzat moartea a o sută șaptezeci și șapte de oameni și dintre care o sută cinci zeci de copii. Odată ce a devenit stareță, a început să atragă femei înstărite care să-și doneze averea mânăstirii. Le tortura, iar apoi le ucidea. Aș putea să-ți dau mai multe exemple, dacă vrei...

— Sau ai putea să te concentrezi pe cazul pe care-l avem acum, nu pe altele din 1900 toamna, spun, întrerupându-i.

Intrăm în laborator unde Jess și Mike ne așteaptă. După ce privire au, aș zice că nu se bucură că am apărut atât de repede și ar mai avea nevoie de ceva timp.

— Aveți numele cadavrelor și mesajul descifrat?

— Da și nu, zice repede Jess.

— Ce vrei să spui?

— Primul corp, bărbatul de patruzeci și cinci de ani, se numește Dave Ily, iar femeia în vârstă de patruzeci și trei de ani, Samantha Kelly.

— Perfect! Și al treilea?

— Nu avem amprente încă. Am recoltat niște mostre din piciorul lui, dar mai durează până când o să am un rezultat.

Vei primi pe telefon adresele celor doi, în următoarele minute. Acum le trec prin baza de date. La bilet încă mai lucrez. Trebuie să aștept să se usuce sângele, ca apoi să îl pot curăța, fără a pierde informația.

— Anunțați-mă imediat cum aveți ceva. Și nu uitați că diseară este petrecerea pentru nevastă-mea. Amintiți-i voi și lui James, în cazul în care nu mai apuc eu.

— Vom fi acolo. Ce trebuie să aducem?

— Nimic, este totul acoperit.

— Astea-s petrecerile care îmi plac mie, spune John râzând.

— Haide să mergem, trebuie să punem la cale un plan, spun.

În drum spre birou, îmi sună telefonul. E Claire. Îi ignor apelul, cu gândul să o sun mai târziu.

În continuare simt o urmă de remușcare, pentru că am uitat de ziua ei. Și mai mult de atât, încă nu am cadoul, iar asta e pentru că mereu las totul pe ultima sută de metri.

John și Maya s-au reîntors la locul în care am descoperit victimele, în speranța că poate ne-a scăpat ceva. Iar apoi, ne vom întâlni cu toții pentru a merge la familiile decedaților. Între timp, eu mă-ndrept spre cel mai apropiat mall.

Claire iubește cadourile, dar urăște surprizele. Iar asta doar pentru că răbdarea nu este deloc punctul ei forte. Trec pe lângă multe magazine de haine, jucării, electrocasnice, dar nu intru-n niciunul dintre ele. Mintea îmi este doar la criminalul care este încă în libertate. Trebuie să mă concentrez pentru câteva minute. Doar de atât am nevoie. În fața mea, văd magazinul de bijuterii Pandora. O vânzătoare micuță de înălțime, probabil abia ieșită de pe băncile școlii, ce poartă o brățară plină cu pandative, care zornăie insistent, mă abordează:

— Vă pot ajuta cu ceva?

Este exact ce am nevoie acum, să mă scoată din amorțeală.

— Da, vă rog. Caut un cadou pentru soția mea. Ce îmi puteți recomanda?

— V-ați gândit ce anume doriți? Cercei, inel, brățară sau poate un lanț?

— Aș tinde spre un set, dacă se poate.

— Da, cum să nu. Vă rog, urmați-mă.

Mă conduce în fața unei vitrine, apoi scoate o cheie mică de la brâu, descuie raftul și îmi arată câteva seturi.

— Vă place acesta? Este aur galben cu o tentă de roz pal și cristale Swarovski. Soția dumneavoastră ar fi foarte încântată cu adevărat. Orice femeie ar fi.

Le arunc o privire. Sunt frumoase, dar mult prea scumpe. Totuși, le cumpăr, pentru că nu mai am răbdare și nici timp.

— Puteți să mi le împachetați?

— Da, cu siguranță!

Îi mai cumpăr un buchet de flori de la ieșirea din mall și plec grăbit spre parcare.

Conduc cu viteză înapoi la secție, unde John și Maya mă așteaptă.

— Unde ai dispărut?

— V-am spus să mă sunați, dacă aflați ceva.

— Am făcut asta, însă nu aveai semnal. Avem adresele.

Probabil că m-au apelat în timp ce căutam bezmetic unde am parcat. Mereu uit unde las mașina.

— Mergeți cu mine. Între timp, puneți-mă la curent.

— Dave Ily – are patruzeci și cinci de ani, lucrează ca inginer la o firmă de aspiratoare. Situație financiară bună, fără antecedente, doar câteva amenzi din cauza vitezei. Este căsătorit cu Jenna și au o fată de șaisprezece ani, Amy. Ambii părinți sunt în viață și locuiesc la câteva străzi distanță de ei. Amândoi la pensie. Cazierul lui este curat. Asta este tot ce am găsit.

— Ok, acolo ne vom îndrepta prima dată, apoi îmi poți spune despre a doua victimă. Te rog, dă-i un mesaj lui Mike și spune-i că imediat cum află ceva informații despre a treia, să ne anunțe.

— Am făcut asta deja, înainte să plecăm.

— Mai fă-o o dată!

— Bine, șefu', spune Maya ironic.

Este una dintre cele mai responsabile și muncitoare persoane pe care le cunosc. Jobul ăsta i se potrivește ca o mănușă: firea ei băiețoasă, combinată cu mersul autoritar și privirea suspicioasă în majoritatea timpului îi vor deschide multe oportunități spre promovare.

Rămânem tăcuți pe tot restul drumului, fiecare blocat în propriile gânduri. Ajunși în fața casei, totul mi se pare normal din nou, pentru că am făcut asta de atâtea ori, încât am devenit imun în a da vești proaste.

Ciocănesc, iar după câteva secunde ne deschide o doamnă suplă, cu ochii mici și verzi, îmbrăcată sumar, dar elegant.

— Bună ziua! Sunt Derek Smith, detectiv, și agenții Maya Bailey și John Hart. Aveți câteva secunde?

Brusc, privirea i se întunecă, devenind îngrijorată. Își întoarce capul în urmă, parcă asigurându-se că nu e și altcineva în cameră.

— S-a întâmplat ceva cu Dave?

— De ce spuneți asta? întreabă Maya.

— Ce alt motiv ați avea să fiți aici?

— Da, doamnă. Regretăm să vă anunțăm, dar soțul dumneavoastră a fost găsit mort. Condoleanțe.

Femeia rămâne holbându-se la mine, iar eu, abia acum, după ce am scos cuvintele pe gură, îmi dau seama cât de brutal de direct am fost. Mai grosolan de atât nu cred că aș fi putut spune.

După câteva secunde, își lasă capul în jos și ne invită în casă, ștergându-și instinctiv ochii.

Rămânem în mijlocul încăperii. O privesc contrariat. Nu se vede pe ea nicio urmă de durere sau regret. Este ca o statuie, incapabilă de a-și exprima sentimentele. Am avut parte de diferite reacții din partea familiilor victimelor, dar niciuna ca cea la care sunt martor în această clipă.

—Vă simțiți bine? o întreb cu o oarecare uimire în glas.

— Da. De fapt, nu. Îmi pare rău. Sigur credeți că sunt un om fără compasiune, dar nu e așa.

— Înțeleg..., mă simt obligat să-i răspund.

Soțul ei a fost găsit mort cu niște ore în urmă, iar ea reacționează de parcă ar fi fost ceva normal.

— Știți unde a plecat de dimineață?

—Permiteți-mi, totuși, să vă explic, spune, așezându-se comod pe canapea. Dave a avut o aventură. Nu am aflat cu cine, dar sunt sigură de asta. A negat tot timpul, ce e drept, însă eu simțeam că mă minte. Erau prea multe dovezi că ar exista o a doua femeie. Știu asta de câteva luni.

Maya se foiește curioasă lângă mine. Mă uit spre ea și îi fac subtil semn să tacă. Am mers întotdeauna pe principiul „taci și ascultă". Trebuie doar să oferi răbdare și omul va dezvălui fără să vrea totul. Așa e și acum. După câteva secunde stânjenitoare, femeia spune:

— La începuturi își lăsa mereu telefonul pe masă, dar, de câteva luni, își schimbase codul de deblocare și îl ținea mereu ascuns. Venea târziu de la muncă, inventând tot felul de scuze penibile, pe care inițial eu le-am crezut, însă apoi parcă bătea la ochi faptul că ceva nu era în regulă. Într-o noapte, când mi-a spus că întârzie iarăși din cauza serviciului, am sunat la el la muncă. Mi s-a confirmat că plecase de mult timp. Din acel moment, incertitudinile mele s-au clarificat: mă-nșela! Iar asta este ceva peste care nu trec.

— Da, dar ăsta nu este un motiv, încât să nu vă intereseze că este mort, spune Maya, nemaiputând să se abțină.

— Nu mi-am terminat povestea. Când a ajuns acasă, am simțit nevoia să îl confrunt. Mă simțeam jignită, folosită, vă închipuiți și dumneavoastră. Am fost împreună ani buni și avem un copil. Mi-a confirmat că avea pe altcineva, nu mi-a spus pe cine, după care tot el mi-a cerut să divorțăm. Eu, ca o fraieră ce sunt, am încercat să-l conving să nu facă asta, dar nici nu a vrut să audă. În acea noapte, a plecat și nu s-a mai întors. A sunat-o pe Amy, însă fata i-a respins apelurile.

— Când a fost asta?

— Cam de-o lună sau cu cinci săptămâni în urmă, ceva de genul. Ce încerc să spun e că, dacă vreți să aflați unde a fost în noaptea în care a fost omorât, trebuie să aflați mai întâi cu cine împărțea patul.

Scârțâitul podelei îmi atrage atenția. Mă uit în direcția sunetului, unde văd o copilă cu fața plânsă:

— Tati nu mai e? întreabă Amy printre lacrimi, cu vocea răgușită.

— Of, copila mea, nu voiam să afli în modul ăsta. Vino la mine, zice ea, deschizându-și brațele.

— Cum a murit? Ce s-a întâmplat cu el?

Adolescenta e cu adevărat devastată de veste. Nu-i pot descrie modul tragic în care tatăl ei a fost găsit. Nu am nicio pistă și sunt la începutul investigării. Prefer să aștept câteva secunde, în speranța că poate John sau Maya au ceva de adăugat, dar amândoi pare că ar gândi la fel ca mine și rămân tăcuți. În schimb, mama ei sparge liniștea.

— Încă nu se știe, draga mea. Au venit doar să ne anunțe. Cum vor avea mai multe informații, ne vor spune. Nu-i așa? zice, uitându-se la mine și așteptând să aprob, apoi continuă. Te rog, mai bine du-te la tine în cameră și lasă-mă câteva minute să termin discuția.

— Nu plec nicăieri. E vorba despre tati și vreau să știu adevărul. Cineva să-mi spună ce s-a întâmplat cu el!

— Amy, spun cu vocea blândă, tatăl tău a fost găsit mort de dimineață, nu departe de aici, în apropiere de parcul Wasbourne, dacă-l știi.

— Da, știu unde e, spune continuând să plângă înfundat.

— Mai multe lovituri de cuțit i-au sfâșiat corpul. Îmi pare rău!

Nu am mințit, doar am preferat să îi spun adevărul pe jumătate. Poate, la un moment dat, va afla tot, iar atunci mă va învinui, însă pot să trăiesc împăcat, știind că îi amân durerea.

— Nu, nu se poate, strigă fata, lacrimile prelingându-i-se pe față.

Femeia o trage mai aproape, strângând-o ferm în brațele ei, pe când adolescenta rămâne împietrită, neîmpotrivindu-se mamei sale.

Se spune că poți ierta, dar nu poți uita vreodată. Cine știe? Poate că moartea aduce și uitare...

Nu voi afla mai multe astăzi de la ele, așa că mă ridic cu gândul să le las să își manifeste durerea în felul lor. Ne oferim încă o dată condoleanțe și ne facem nevăzuți.

Ne simțim ca după o bătălie sau cel puțin eu. Oboseala începe să își spună cuvântul, dar o ignor.

— Ok, ce ați aflat despre familia Kelly?

— Samantha Kelly, în vârstă de patruzeci și trei de ani, locuia singură, nu era căsătorită. Cazierul spune că a avut mai multe avertizări, fiind găsită cu un nivel ridicat de alcool în sânge. Era singură la părinți și lucra ca și chelneriță la *The Duke,* un restaurant de prin centru.

— Ok. Avea un partener?

— Nu știu. Posibil să aflăm asta de la părinți. Locuiesc aproape de ea, la doar câteva minute.

— Bine, tu și John vă duceți la ea acasă, vedeți dacă puteți afla ceva, iar eu, la familie. Vă sun când termin și vin să vă iau. Între timp, vedeți ce puteți să aflați legat de aventura lui Dave.

Îi las pe John și pe Maya pe Juno Street, iar eu conduc două străzi mai departe. Parchez mașina în fața unei case din cărămidă roșie, înaltă și cu un etaj. Pomii din curte oferă un aspect viu și vesel casei, dar, cu venirea mea, am să le umbresc restul vieții.

Bat la ușă, iar imediat aud pe cineva strigând cu putere:

— Vin imediat!

Aștept câteva secunde până mi se deschide.

— Spuneți, zice un domn cărunt, undeva în jur de șaizeci de ani, scrutându-mă din priviri.

— Sunt detectivul Derek Smith. Vă pot deranja câteva minute?

— Da, da, vă rog să intrați!

— Mulțumesc! Soția dumneavoastră este acasă?

— E sus. O chem imediat. S-a întâmplat ceva?

— Aș prefera să fie prezentă și dumneaei.

— Bine. Mă întorc imediat. Între timp, vă rog să luați loc.

Îmi face semn să mă așez la masa din bucătărie. Totul este frumos aranjat și miroase bine. Lipite de frigider sunt diverse poze. Presupun că tânăra din ele e chiar Samantha.

Cei doi coboară scările în grabă, uitându-se ba la mine, ba la trepte. Doamna Kelly, o femeie blondă și puțin palidă, încearcă să-mi citească din priviri motivul vizitei.

— Bună ziua, spune timid.

— Mă numesc...

— Da, mi-a spus soțul, mă întrerupe ea. Doriți o cană de cafea? Un biscuit?

— Nu, mulțumesc!

Amabilitatea doamnei pare atât de firească, deși se vede de la un kilometru că este îngrijorată.

— Îmi pare rău să fiu eu cel care vă spune asta, dar am o veste nu tocmai plăcută.

Femeia își împreunează mâinile la brâu, lăsându-mi impresia că se pregătește sufletește pentru ce am să îi transmit.

— S-a întâmplat ceva cu Sammy, nu?

— Din nefericire, da. Sincere condoleanțe!

— Condoleanțe? răbufnește ea dintr-odată.

— Cum adică? Sammy a mea e moartă? Asta spuneți?

Evit să rostesc ceea ce îmi cere și îi confirm printr-un gest de regret din cap, după care, continui:

— Îmi puteți spune, vă rog, când ați văzut-o ultima dată pe fata dumneavoastră?

— Cum a murit? Ce s-a întâmplat cu ea? întreabă bărbatul, abia venindu-și în fire.

— Regret să vă informez că încă nu cunoaștem toate detaliile. Totul s-a întâmplat dimineața, iar în jurul orei cinci au fost găsite trei cadavre, printre care și al ei.

— O, Doamne! izbuti femeia să rostească, apoi căzu pe podea cu o bubuitură.

O ridic cu prudență de jos și o așez pe un scaun, sprijinind-o de trupul soțului ei. Își revine după ce o stropim cu apă.

— Sammy ieșea cu un băiat. Tibby parcă îl cheamă, dar e vai de capul lui. Am aflat că mai umbla și cu alte femei. Cred ca a fost și închis o perioadă, pentru ca avea droguri asupra lui, zise femeia.

— Ți-am spus eu că șarlatanul ăla cu care s-a înhăitat o să îi aducă pieirea, îi spune soțul într-o manieră acuzatoare, făcând-o să se simtă din nou rău.

— Înțeleg. Îi știți cumva numele de familie?

— King parcă îl cheamă. Da, Tibby King. Dar așa părăsit de soartă cum e el, nu ar fi fost în stare să o omoare.

— Nu pot să cred că încă-i iei apărarea, adaugă soțul cu același ton impunător. Știi bine că ea s-a schimbat radical de când a început să umble cu el, abia dacă a mai vorbit cu noi. Era mereu înhăitată numai după curul ăluia, de parcă el o întreținea.

— V-ați ajutat fata financiar?

— Și în ce hal! Din cauza neveste-mii, că mereu mă împingea de la spate să-i trimitem bani. Zicea că nu avea de una sau de alta. Dar avea o vârstă. Trebuia să învețe să se descurce de una singură. Ce se făcea dacă noi nu mai eram?

— Nu mai vorbi așa despre ea. Sammy e moartă, înțelegi? E moartă, iar tu te plângi de bani, ca întotdeauna! Era fetița noastră, singura. Ce voiai? Să pui banii la saltea? Pentru ce? Să mori cu ei de gât?

Cuvintele ei sunt pline de amărăciune și este de înțeles. Pentru ea, ce s-a întâmplat în trecut nu mai are vreo relevanță.

Și chiar nu are. Nici măcar nu au cum să o îngroape. Niciunul nu are cum. Părți din corpurile lor sunt rătăcite undeva pe planeta asta, iar eu nu am nici cea mai vagă idee unde sau dacă încă mai există.

— Din câte am înțeles, era chelneriță.

— Da. Câștiga minimum pe economie. Abia dacă îi ajungea pentru chirie și câteva facturi. De asta o mai ajutam și noi.

— Știți cumva dacă avea probleme cu drogurile? Sau cu alcoolul?

— Insinuați că ar fi avut? întreabă ea cu voce tremurândă.

— A primit câteva amenzi pentru că a fost găsită conducând sub influența alcoolului. De droguri, încă nu sunt sigur.

Simt că pun sare pe rană, însă este nevoie să știu toate detaliile. Ucigașul este încă în libertate, iar eu trebuie să fac orice să îl prind, înainte de a comite și alte crime.

— Nu ne-ați spus cum a murit.

— Dacă-mi permiteți, aceasta nu este o întrebare la care vreți răspunsul. Încercați să vă aduceți aminte de Sammy așa cum o știați dumneavoastră.

— A suferit? A fost rapid?

— A fost rapid, da, venindu-mi în minte instant imaginea din parc, apoi încerc să schimb subiectul. Oricum, dacă vă mai aduceți aminte de ceva, asta este cartea mea de vizită. Contactați-mă la orice oră, spun, înmânându-i bucățica de hârtie cu detaliile mele.

Mă ridic și plec. Odată afară, îl sun pe John.

— Hei, sunteți gata?

— *Derek, bine că ai sunat. Aici e ca o cocină. Parcă ar fi locuit zece porci, nu un om. Asta nu se poate numi locuință.*

— Atât de grav e?

— *Oh, da. Îți vom da toate detaliile în mașină. Ieșim afară în câteva minute.*

***

Înainte să plecăm, facem schimbul de informații.

— Cât de rău a fost? întreb oarecum amuzat.

— E cea mai mizerabilă casă în care am fost vreodată, zice Maya. Nu cred că fata aia, să mă ierte Dumnezeu, că nu este bine să vorbești morții de rău, a făcut curat vreodată acolo. Mâncare peste tot, Derek, peste tot, pe jumătate mâncată sau neatinsă. Dar asta nu e tot, mucegaiul se simțea ca la el acasă. Scârbos!

— Și multe haine murdare aruncate prin întregul apartament. Am luat tricoul ăsta cu noi. Este pătat de sânge. Îl analizăm și vedem de unde provine. Să nu fie de la ciopârțirea unui animal, pentru că mă aștept și să fi consumat carne vie.

— Gata cu văitatul! Am prins ideea. Ceva concludent aveți?

— Nu am găsit mare lucru, în afară de tricou, dar suntem siguri că folosea și droguri. Pe măsuța ei, pe lângă toate celelalte, era o bancnotă rulată și urme de praf alb de jur împrejur. Am luat o mostră să o duc la laborator.

— Acum trebuie să îl găsim pe iubitul ei. Tibby King îl cheamă. Sigur el o să aibă mai multe informații.

— Mă pot ocupa eu de asta, continuă John. Dar spune-ne, cum a fost la părinți?

— Destul de ok. Încă o susțineau financiar, iar tatăl ei nu era de acord deloc cu asta. Probabil că avea nevoie de bani pentru a-și satisface dependența.

— Strigător la cer! Era să uit. Mike ne-a sunat în legătură cu a treia victimă.

— Și?

— Nu au nimic încă. Ar fi trebuit să încep cu asta.

— La naiba! Nu-mi dau seama ce poate lua atât de mult. În fine, vă las la birou și eu mă duc acasă. Trebuie să ajung mai devreme. Așa că restul zilei ține de voi. Mă sunați cu orice informație. Găsiți-l pe Tibby și aduceți-l la secție. Între timp, verificați și ce ați găsit în casa victimei, bine?

— Da, să trăiți!

CAPITOLUL 5

Am ajuns înaintea lui Claire. Am la dispoziție o oră pentru a umfla cele câteva zeci de baloane, să aranjez camera și alte lucruri care nu-mi vin în minte în momentul de față.

La vreo jumătate de oră distanță, aud o mașină parcând în fața casei. Inima îmi stă în loc. Oare a ajuns mai devreme? Asta mi-ar strica întregul plan pentru această seară. Mă îndrept grăbit către fereastră și îl văd pe John, care am impresia că mă apela pe mine:

— Îmi dai palpitații. Mut-o în spate, omule, sau vrei să strici surpriza?

— *Bine, bine, liniștește-te! Te agiți cam mult pentru...*

— Nevastă-mea. În seara asta te abții și ești prieten de treabă, ne-am înțeles?

— *Da, șefu'!*

Scanez din priviri încă o dată camera, să fiu sigur că este totul în regulă, apoi mă duc la ușă. Când deschid, o văd pe Melissa. Pentru câteva secunde, rămân mut. E ultima persoană pe care mă așteptam să o văd. Imediat în spatele ei, apar John și soția lui. Intră și Maya, urmată de James și alți câțiva prieteni de-ai soției mele.

— V-ați vorbit să ajungeți toți în același timp? întreb râzând.

— Păi ori o facem, ori nu?

— Intrați. Claire va ajunge în mai puțin de douăzeci de minute.

Nu apuc să închid ușa, când soneria se face auzită din nou. Dar de această dată, sunt nimeni alții decât scumpii mei socri și, într-un mod cât se poate de straniu, au ajuns amândoi odată. Sunt îmbrăcați de parcă ar fi venit la o gală sau la o expoziție. Ea poartă o rochie neagră, lungă și elegantă, iar el un costum albastru închis. Nu sunt asortați la culoare, pentru că ea nu mai are puterea de a-l manipula ca odinioară. Ah, ce mă bucură asta!

Părinții ei sunt divorțați de câțiva ani buni. Nu îl judec pe socrul meu. Ne zâmbim din obligație și îi poftesc să intre în casă, apoi îi conduc la restul grupului, în bucătărie, unde vom rămâne până apare sărbătorita.

Ultimii invitați sunt părinții mei. Nici nu mă așteptam ca ei să vină. Aici, povestea e mai simplă. Relația lor cu soția mea nu este una tocmai bună. Iar ca să fiu sunt cinstit, ea nu a greșit cu nimic. Pentru că nevastă-mea are un caracter mai aparte, iar prin asta spun că are o opinie proprie pe care și-o menține, fără să facă favoruri nimănui. De partea cealaltă sunt ai mei, care sunt de o încăpățânare iremediabilă și urăsc să li se spună în față că nu au dreptate. De la un lucru atât de insignifiant s-a iscat ditamai răceala între ei. Iar pentru asta o susțin pe Claire. Eu am crescut îndoctrinat cu ideea de a nu avea dreptul la o opinie, pentru că oricum era greșită.

— Cred că va fi o seară... specială, zice James din spatele meu.

Cheile se răsucesc în ușă, tocmai când toată lumea e deja în poziție. Claire intră, rămâne câteva secunde în pragul ușii, apoi spune:

— Ești acasă? Am crezut că vei întârzia, în niciun caz că ajungi înaintea mea, zice, întorcându-se pe loc pentru a închide ușa.

— Surpriză, se aud în sincron glasurile invitaților care apar în sufragerie odată cu mișcarea ei.

Pentru câteva secunde, ea amuțește. Este probabil unul dintre puținele lucruri pe care nu le anticipase, mai ales la cât de bine merge relația noastră. Ochii i se umezesc și chiar pare surprinsă:

— Mulțumesc, zice uitându-se în jur. Nu-mi vine să cred că ai făcut toate astea pentru mine.

Îi observă pe părinții ei, apoi pe cel mai bun prieten al ei, Mike. Îi salută pe fiecare în parte și își îmbrățișează părinții, care și-au mai relaxat mușchii feței, destinzându-se o idee.

Pe o masă, undeva în spatele tuturor, se află o multitudine de cadouri împachetate impecabil, pentru că toți știu cât de perfecționistă este Claire. De jur împrejur sunt farfurii cu mâncare, comandată de la restaurantul de după colț, și băutură pe măsură.

Când muzica pornește, în mijlocul camerei, câteva persoane se agață una de alta, balansându-și corpul în ritmul muzicii, iar altele, majoritatea femei, bârfesc elegant necunoscuții din încăpere.

Mă retrag într-un colț al camerei, privindu-i și meditând la întrebarea „Oare câți dintre ei se prefac și câți sunt cu adevărat fericiți? Eu sunt? Claire este?"

Ceva îmi atrage atenția. Melissa dansează cu Mike. Mă forțez să-mi iau privirea de la ea și îmi mai torn un pahar de whisky. Pentru că așa a început tot: mai multe pahare la bord și am ajuns în pat cu șefa mea.

Claire pare încântată. În schimb, eu sunt absent. Gândurile îmi sunt la criminal și, oricât de mult îmi doresc, nu pot împărtăși bucuria ei, cel puțin nu așa cum și-ar dori.

***

Ne certăm atât de des, încât nu-mi aduc aminte ultima dată când a fost liniște în casă.

Astăzi sunt prea obosit pentru a intra în orice tip de divergență, mai ales când mintea îmi este atât de ocupată cu lucruri mult mai grave. Claire a băut destul de mult, iar după ce petrecerea s-a terminat, a luat-o somnul fără să apuce să protesteze sau să se împotrivească.

În sfârșit liniște. Cobor la parter și încep să strâng paharele și sticlele goale, farfuriile de unică folosință și orice pot încadra la gunoi, după care mă întorc liniștit la ale mele.

Scot telefonul din buzunar și o sun pe Maya, care cred că a ajuns deja, după calculele mele, de vreo oră acasă.

— Hei, dormi?

— *Nu, m-am întors la birou.*

— Serios? Ce faci acolo la ora asta?

— *Exact același lucru pe care îl faci tu acum. Încerc să găsesc o oarecare legătură între cele trei victime.*

— Și?

— *Nimic.*

— E și John cu tine?

— *Da.*

— Eu propun să vă duceți acasă. Odihniți-vă. Mâine o putem lua de la capăt cu mintea limpede.

— *Ok. Ne vedem de dimineață!*

Închid telefonul, iau pachetul de țigări ascuns într-un sertar din bucătărie și ies afară. Aerul rece mă ajută să mă concentrez uneori. Îmi aprind țigara și urmăresc cum se disipează fumul alb în aer. Stau blocat o vreme, privind cum tutunul se transformă în scrum.

— Oare ce au în comun acești oameni uciși? mă aud rostind.

Sunt pus în fața unei dileme, care pare atât de încurcată, indiferent din ce unghi privești.

Arunc țigara în coș, încui ușa în urma mea și mă duc la culcare, sperând că voi adormi. Alături, Claire pare atât de calmă, pe când eu mă foiesc pe toate părțile, încercând să găsesc un răspuns.

***

E atât de întuneric, că abia pot vedea în jurul meu, cel mult la un metru în față. Sunt singur într-o grădină mare, unde nu am mai fost vreodată. Când ochii mi se obișnuiesc cu întunericul, undeva departe, printre copaci, zăresc o siluetă. Se mișcă ușor spre mine. Îi văd zâmbetul înfricoșător și ochii roșii, ce îi sticlesc, ca ai unui animal de pradă. Se apropie de mine cu pași mărunți. Eu încerc să fug, însă parcă alerg pe loc, fără să înaintez. Oricât de mult mă chinuiesc să scap de creatura ce mă urmărește, sunt complet paralizat. Rădăcinile copacilor prind viață și mi se înnoadă în jurul gleznelor. Încep să mă tragă, iar eu mă opun în zadar. Îmi întorc privirea în direcția în care am văzut ultima dată monstrul, însă el este exact lângă mine. Îi simt răsuflarea în ceafă. Mi-e frică. Mi-e groază. Respirația mea se confundă cu a lui. Suntem unul și același.

Mă trezesc într-o baltă de sudoare, inspirând sacadat. A fost atât de real. Mă dau jos din pat, orbecăind după apă. Mi-e atât de sete! Cobor cu greu scările, mă sprijin de perete și ajung în bucătărie. Aprind lumina și beau pe nerăsuflate trei căni, până când burta începe să mă doară. Mă așez pe un scaun, sprijinindu-mi capul de o mână. Oare visul are vreo legătură cu ceea ce se întâmplă? Ceasul ticăie voios în perete și arată 04:15. Nu mai are sens să mă forțez să adorm. În treizeci și cinci de minute mă trezesc oricum, să ies la alergat.

CAPITOLUL 6

— Vrei să-l îl intervievezi tu pe Tibby? Sau mergem noi? mă-ntreabă John, imediat ce îmi fac apariția la birou cu două cafele pe care le-am cumpărat de la colț.

John este persoana ideală pentru interogare. Mereu s-a descurcat la asta mai bine decât mine. Câteodată eu iau totul prea personal, ca pe niște ofense gândite în prealabil. Pe când el, când intră în cameră aia de doi pe doi, este cu totul alt om: încrezător, sigur, impulsiv și nu crede orice baliverna. Când se enervează, sprâncenele i se împreunează, creând o linie continuă. Pomeții obrajilor cumva i se ridică mai aproape de ochi, dând falsa senzație că îi are închiși.

— De cât timp e aici?

— L-am adus acum douăzeci de minute, cam așa.

— Mai lasă-l puțin să fiarbă, apoi unul dintre voi merge cu mine, spun părăsind încăperea.

Urc scările cu grijă, să nu vărs paharele, și pornesc direct spre ușa mare unde e scris „Director Melissa Gibbs". Ciocănesc și intru înainte să fiu invitat. Întotdeauna mi s-a părut oarecum amuzant să îi văd numele inscripționat pe acea plăcuță.

— Matinal ca de obicei. Și mi-ai adus și cafea. Tot timpul când vii cu câte ceva, aduci bonus și o veste proastă. Cu ce anume vrei să mă îmbunezi de data asta?

— Cu orice aș veni, ar fi nimic în comparație cu ce se întâmplă zilele astea. Ieri am fost la familiile a două dintre victime, Kelly și Ily, dar nu am aflat mai nimic. Fata, Samantha Kelly, avea un prieten dubios. L-am adus la secție și o să-l „intervievăm". Se ocupă cu drogurile, deci cred că va ceda destul de repede. Mai mult nu am, iar asta mă seacă.

— Nu ești singurul sub presiune. Am dat și eu câteva telefoane, dar am aflat un singur lucru.

— Care?

— Părinții fetei nu se înțelegeau foarte bine. Din câte am verificat, un vecin i-a reclamat la poliție pentru perturbarea liniștii publice. A fost ceva scandal, pe urmă nu s-a mai auzit nimic, zice ea, apoi face o pauză căutându-i numele printre zecile de post-it-uri împrăștiate pe birou. Mai e o chestie. Au o cabană pe undeva pe la munte.

— Nu știu cum m-ar ajuta.

— Probabil cu nimic, dar m-am gândit că ar fi bine să știi.

— Cum de ți-a venit să verifici asta?

— Mi-a plăcut perioada când eram agent de teren, iar imediat ce pronunță cuvintele, se înroșește vizibil.

Gândurile amândurora au zburat în aceeași direcție.

— Te mai pot ajuta cu ceva? întreb, încercând să schimb subiectul.

— Păi tu ai venit la mine, fără să te chem eu.

— Bine, atunci te las.

— Întoarce-te cu vești bune, zice zâmbind stângaci.

Ies din biroul ei și îi fac semn lui John care se uita în direcția mea, să mă urmeze spre sala de interogatoriu, unde ne așteaptă tipul ăla, Tibby.

Îl privim din camera alăturată prin oglinda unidirecțională. Corpul i se zbate ușor. Își mișcă mâinile haotic, iar ochii roșii îi joacă, încercând din răsputeri să găsească un punct fix.

De zece minute stau aici, supraveghindu-l. Transpirația i se prelinge de pe frunte ca niște bobițe de struguri. Curând va intra în joc disperarea.

Intru în sală, cu atitudinea de aroganță pe care am dobândit-o de pe vremea când eram un simplu polițist, apoi mă așez pe scaun. John rămâne în picioare într-un colț al camerei, privindu-l în continuare ca un șarpe care își hipnotizează prada. Strategia tot timpul dă roade.

— Știi de ce ești aici? îl întreb.

— Nu! Și vreau să plec, spune cu vocea sugrumată.

— Ok, du-te. Nu te ține nimeni aici cu forța. Numai că, dacă te-apuci să faci asta, îți recomand să nu stai în calea celui care îți vinde drogurile. S-ar putea să creadă că deja l-ai vândut. E doar un sfat, zic ridicându-mă încet.

— Dar n-am făcut asta...

— Și cum îți închipui că o să știe el, din moment ce ieși dintr-o secție de poliție? Ești doar un amărât de traficant de droguri. Nu ești indispensabil, mă înțelegi? Imediat cum bossul tău se va sătura de tine, ești halit, prietene. Așa că, e decizia ta.

— Dar sunt numai falsuri. Nu am spus nimic.

— Atunci, pleacă. Hai, ieși!

Rămâne o vreme nemișcat pe scaun, cu capul plecat. Pare că își dă seama că nu are alternativă.

— Ok, pentru că am ajuns la un consens, am să repet întrebarea: știi de ce ești aici?

— Nu.

— O cunoști pe Samantha Kelly?

— Da!

— Când a fost ultima dată când ai văzut-o?

— Cred că acum, da, acum două zile, zice el, trecându-și nervos mâna prin păr.

— Unde v-ați întâlnit?

— Cred că la ea acasă, nu știu, se fâstâcește.

— Cum nu?

— La dracu', ți-am spus că nu știu, strigă el, ridicându-se de pe scaun și sprijinindu-se de masă în palme.

— Coboară tonul și stai jos! Zi-mi unde erai ieri de dimineață între orele trei și șase?

— Hmm, nu știu, pe-afară? Io stau pe stradă... De ce? Ce crezi că am făcut? strigă el, legănându-se stânga-dreapta.

Simt că va intra în curând în sevraj. Se ține constant cu mâinile de burtă și devine din ce în ce mai agitat. Corpul i se mișcă involuntar și s-a înroșit tot. Bate întruna cu piciorul în podea, iar după felul în care nu mai are răbdare și pe cât de irascibil e, aș zice că nu a primit nicio doză în ultimele, cel puțin, treizeci și șase de ore.

Deschid dosarul pe care l-am adus, iau o fotografie făcută la morgă cu părțile corpului Samanthei și, lângă ea, așez altă poză făcută în parc.

— De ce ai omorât-o pe Samantha? întreb, trântind hârtiile în fața lui.

— Nu, nu, poftim? Eu nu am făcut asta, zice el cu o expresie de groază.

Împinge apoi pozele departe de el și își prinde brațele în jurul genunchilor. Apoi își lasă capul într-o parte și bolborosește întruna, în timp ce-și balansează corpul înainte și înapoi:

— Nu eu. Nu eu. Nu eu.

— Uită-te la poze! Fii sincer cu tine, dacă nu poți cu mine. Fă-o pentru ea! Spune-mi, de ce ai omorât-o?

După câteva secunde, se oprește din legănat, evitând fotografia din fața lui, și mă privește direct în ochi. Cu o voce domoală, de parcă își consuma ultima respirație înainte să moară, spune:

— Trebuie să mă crezi! Nu sunt un criminal. Cum să-i fac rău? O iubeam pe fata aia. Ea doar mă ajuta. Ba chiar venea cu mine la grup, la alcoolici anonimi. Nu am făcut-o eu! Era singuru' om aproape de mine. Era familia mea.

Nu știu de ce, dar îl cred și, pentru câteva momente, chiar mi-a inspirat compasiune.

Am văzut foarte mulți oameni dependenți de droguri. Supărările, depresiile și necazurile te pot aduce pe marginea unei prăpăstii mult prea ușor, iar în acel moment ai nevoie de un prieten. Pentru Tibby, acesta era Sammy. Nu îi cunosc viața acestui băiat și nici nu aș vrea. Nu-mi place când mă implic și în plan personal cu vreun caz. E semn de slăbiciune. Totuși, cine sunt eu să-l judec?

— Atunci, spun cu vocea joasă, ajută-ne să găsim vinovatul! Nu știm nici măcar unde îi sunt rămășițele. Spune-ne ce știi.

— Un pahar cu apă? cere el de parcă s-ar sufoca.

— Da! John, te rog, te ocupi tu de asta?

— Mă întorc imediat, răspunde acesta.

— Ok, Tibby. Te ascult.

— Nu știu prea multe, omule. Poate aș fi știut, dacă n-aș fi fost zi de zi în halul ăsta. Sammy era foarte de treabă. Avea grijă de mine, îmi făcea mâncare... Mă primea la ea să dorm de multe ori. Dar...

— Așa...

— Dar, spune izbucnind în plâns, am făcut o greșeală. Mi-a picat la sufleţel.

— Ea nu îți împărtășea sentimentele?

— Se purta cu mine cum nimeni nu o mai făcuse până atunci, continuă el, ignorând total întrebarea mea.

— Unde ai cunoscut-o?

— Într-o seară, când ieșea de la restaurantul unde lucra. Io eram vărzuit și cotrobăiam prin tomberoane, căutând ceva de mâncare. Când ea a ieșit la țigară, m-a văzut. Lumea nu mă place și mă hăituiește, ca pe-un animal vagabond, dar ea, nu. S-a apropiat de mine și m-a întrebat dacă mi-e foame. A intrat în local și s-a întors cu niște mâncare.

— Vrei să spui că voi doi nu erați împreună? Că eu asta înțeleg.

— Omule, cine crezi că s-ar uita la mine? Și mie mi-e scârbă uneori de cum arăt.

John îl întrerupe, dându-i paharul cu apă, pe care Tibby o bea dintr-o răsuflare. Îi mulțumește cu o mișcare din cap, apoi continuă povestea:

— Noi nu am fost niciodată pe felie. Ne întâlneam seară de seară când lucra. O așteptam în spatele restaurantului, ca de obicei, iar ea ieșea cu o farfurie de mâncare și o pungută cu o pâine sau ce mai găsea. Așa am ajuns să vorbim, să ne cunoaștem. Mi-a dat o șansă. Apoi am pus botul și m-am îndrăgostit de ea, iar Sammy avea un iubit.

— De unde știi?

— În fiecare pauză stătea la țigară cu mine, povestindu-mi vrute și nevrute.

— Câte pauze avea?

— Păi, cam două. Dar o așteptam. Oricum, ce altceva mai bun crezi că aveam de făcut?

— Într-o seară, mi-a spus că o să rămână la el câteva zile și nu o să vină la muncă, dar mi-a dat cheile de la apartamentul ei. Îmi lăsase mâncare acolo să îmi ajungă până s-ar fi întors. Și n-am știut să apreciez.

— Stai! Vrei să spui că tu ai stat în apartamentul ei fără ea?

— Da.

— Și apoi?

Povestea lui devine din ce în ce mai captivantă, de parcă mă uit la un film în plină acțiune.

— Păi, am așteptat să termine cu munca și ne-am dus la ea ca să îmi arate ce și cum. Îmi lăsase tot ce aveam nevoie: de la haine, cred că de la gagică-său, până la șampon. Că veni vorba, după ce m-am spălat, nici eu nu m-am mai recunoscut. Mă simțeam ca un prinț. Dar m-am dezobișnuit să fiu singur, pentru că pe stradă fără să vrei ai companie. Și îmi era dor de ea. Mâncam și mă uitam la televizor. Asta era tot. Nu mă mai prăjisem de ceva timp și îmi era greu.

— După cât timp s-a întors ea acasă?

— Dacă vrei să-ți spun ce știu, trebuie să mă asculți. Când mă întrerupi, mă faci să-mi pierd ideea. Și așa îmi e greu să țin pasul, la cum mă simt.

— Bine, continuă.

— Mă obișnuisem cu viața aia. Dar din plictiseală, poate și din cauza gândurilor negre și puțină gelozie, aș putea spune, m-am apucat iar să consum. Știam că o dezamăgeam pe ea, dar nu am putut rezista.

— De unde ai făcut rost?

— Aveam la mine în permanență cel puțin o doză. Drogurile și starea de căcat în care eram m-au făcut să-mi ies din minți și să-i fac varză apartamentul. Am spart tot ce am găsit în cale. Am aruncat cu nervi toată mâncarea cumpărată de ea pe pereți și i-am mâzgălit cu sosul din cutie. M-am răzbunat pe lucrurile ei, de parcă cineva ar fi fost vinovat pentru cât de jalnic sunt. Am avut un moment încare mi-am revenit și am vrut să fac ordine. Am început să strâng cioburile și atunci m-am tăiat la mână. M-am ridicat plin de sânge și m-am uitat în jur. Îi distrusesem casa, zice el, începând să suspine, locul în care am fost primit cu brațele deschise de femeia pe care o iubeam. Eram și sunt un mizerabil și îmi părea atât de rău, încât am plecat. Știam unde locuia iubitul ei și m-am dus acolo, cu gândul să iau asupra mea ce făcusem. Atunci a fost ultima dată când am vorbit cu ea.

— Cum a reacționat?

— Era nervoasă și dezamăgită, dar, chiar și așa, nu mi-a spus să nu mă mai întorc în apartament. Mi-a trântit ușa, cu o față supărată, de zici că mi-a înfipt un cuțit în inimă și l-a răsucit de câteva ori bune.

— Te-ai mai întors la ea acasă?

— Nu. Nu merit să mai fac asta.

— Și de atunci nu ai mai văzut-o?

— Nu.

— Cum îl cheamă pe tip?

— Nu știu, dar sunt poze în apartamentul ei. Poate îl găsiți așa.

Îi arunc o privire lui John, din care înțelege că trebuie să meargă să verifice, apoi îmi continui interviul.

— Până la urmă, a văzut și Sammy dezastrul făcut de tine? Ai idee dacă a mai trecut pe la ea?

— Nu știu, nu cred. Am vrut să vorbesc cu ea și să-i mai cer o dată iertare. Sincer, mai mult voiam să o văd. Așa că m-am dus la ea la muncă, dar nu era. Am trecut și seara și nimic. Apoi am început să mă uit pe geamul restaurantului, ca un câine plouat, însă nu am dat de ea. Mi-am făcut puțin curaj și am pornit la casa prietenului ei. Nici acolo nu era. M-am gândit că nu vrea să mă mai vadă, iar de atunci nu am mai căutat-o. Acuma, vii să-mi spui că a fost omorâtă și că eu am făcut-o? Ea e tot ce iubeam, însă nu ar fi trebuit să îmi fac speranțe. Îmi era atât de bine și rahatul de mine a stricat totul. Șefule, m-am întors pe stradă, unde nu am ce mânca, dorm pe câte o gură de canalizare sau după vreun tomberon care nu e deja luat de alt aurolac. Nu mai am nimic de pierdut. Tot ce am avut s-a dus.

— Ești liber să pleci deocamdată.

Îmi iau dosarul și ies, fără să mă uit înapoi. Mă duc direct la bunul meu prieten James. El trebuie să fi găsit ceva până acum.

— Hei, ești aici? întreb din prag, nu de altceva, dar nu aș intra decât dacă e nevoie.

— Derek, ce te aduce pe la morgă?

— Nu aveai cum să mă întrebi asta într-un mod mai lipsit de afecțiune, nu?

— O nu, a fost plăcerea mea.

— Ai ceva noutăți?

— Da! Vino să-ți arăt.

Îl urmez spre întâia masă, unde zac părțile din corpul lui Dave Ily: mâna și piciorul.

— Spune cu voce tare ce-ți trece prin cap, îmi zice doctorul zâmbind.

— Mă gândesc că ar putea fi vorba despre o răzbunare.

— Derek, dacă asculți morții, ei îți vorbesc. Cum crezi că aflu eu atâtea despre ei? Și nu mă uit în niciun sistem sofisticat de-al vostru. Stau toată ziua aici, înconjurat de aceste suflete.

— Pff, da, cum să nu!

— Îi ascult și, bineînțeles, le verific fiecare părticică a corpului. Spre exemplu, uită-te la degetele lui. Are pielea arsă. Cineva a făcut asta în mod intenționat, pentru a nu exista amprente. Hubbard Nigel e un exemplu care nu se aplică în totalitate în cazul de față, dar el a găsit un mod de a-ți pierde amprentele de pe degete pentru totdeauna. A amestecat sucul de la un ananas cu acid, apoi și-a înțepat buricele degetelor de mai multe ori și le-a băgat în compoziția formată. Experimentul este foarte dureros, dar eficient.

— Hmm, și cum de i-ai aflat identitatea?

— Bună întrebare. Pentru că, dacă nu găsești pe mâini nimic, cauți în altă parte. Chiar și în păr. Analizându-l, știi de ce la cine provine, ce vârstă avea sau are, în funcție de stadiul de degradare și dacă persoana respectivă mai este încă în viață sau nu. În cazul de față, am luat acel fir de păr, apoi l-am trimis la laborator, iar ei, prin comparare și excludere, combinat cu puțină magie, au aflat de la cine provine. Poate că nu am făcut mare lucru, dar în ansamblu, am condus spre dezvăluirea identității.

— Îmi pare destul de logic până acum.

— În momentul în care am văzut aceste trei cadavre în starea aia, mi-am dat seama că vorbim despre cineva care are un scop. Un scop la fel de bolnav ca și ideea în sine. Avem de-a face cu un criminal briliant în ale chirurgiei și cu o minte genială.

— Briliant? Genial? Serios? Briliant este filmul pe care l-am văzut în urmă cu două zile, genial este Stephen Hawking. Nu-l poți numi așa pe monstrul ăsta. E departe de a fi unul.

— Nu, nu, ascultă-mă! Nu știu care îi e scopul, dar ai de-a face cu o persoană foarte iscusită. Dacă am dreptate și, cu adevărat, are un scop, ăsta e doar începutul. Trebuie să îl prinzi, înainte să acționeze din nou.

— Asta știu, James, dar nu am niciun punct de pornire. Absolut nimic! M-am tot gândit și răzgândit, iar după ore în șir de tortură mentală am ajuns tot de unde am plecat.

— Poate asta te ajută cu ceva! Uite, am extras câteva mostre de sub unghiile de la mâini și de la picioare: pământ uscat, crengi, frunze. Ar putea să fie pământ de țară, nu știu. Poți duce tu asta la laborator, te rog? Cu puțin noroc, am putea descoperi de unde provine. Asta dacă există probe suficiente în ce îți dau eu ție aici.

— E o pistă bună. Decât nimic..., spun, îndreptându-mă spre ieșire.

— Stai, nu am terminat. Am păstrat ce este mai bun pentru sfârșit, strigă James, făcându-mă să mă răsucesc pe călcâie. Ți-am spus mai devreme că verific fiecare parte a corpului. I-am deschis pieptul acestui individ și ghici ce! Corpul ăsta, pe lângă faptul că este incomplet, nu are organe.

— Și cum de n-ai observat asta până acum? Adică nu vedeai cusătura sau ceva?

— O întrebare genială. Pe spate, am găsit o mică incizie, urmată de o tăietură mai lungă, pe care n-am zărit-o din prima. Când un corp este gol pe dinăuntru, pielea se lasă, logic, nu? Dar în ăsta am găsit cârpe și nu una două și nici aruncate aiurea, ci foarte meticulos așezate. Am dus deja una la laborator și sunt curios dacă sângele aparține tot victimei.

— Încă nu ai învățat că detaliile astea nu mi se spun? Dar că tot ai început, explică-mi mai pentru mine, că nu pricep.

De când mă știu, cum simțeam mirosul acela dulceag și bolnav de sânge, mi se întorcea stomacul pe dos. Nu pot să mă controlez. Din păcate, această meserie mă aduce în preajma lui destul de des. Am fost la mulți medici, dar nu au avut ce să-mi facă. Este sensibilitatea mea prin care am devenit „faimos".

— Această cusătură a fost făcută extraordinar de precis, cu cele mai subțiri fire resorbabile. Dacă nu ești atent, nici nu ai cum să-ți dai seama că a fost vreodată o operație.

— Dar cu ce scop? Trafic de organe?

— Posibil, dacă sunt criogenate. Altfel, nu, pentru că n-ar avea cum să reziste. N-ai de unde să știi ce a făcut el în momentul ăla sau ce e în mintea unuia ca el.

— Exact, ăsta ar fi un început! Să gândesc ca un criminal.

— Da, multă baftă cu asta! Ai putea să te gândești altfel: unde ai ucide, să nu fie în văzul lumii, să dispui de aparatură, să poți căra acele cadavre, fără să fii văzut, și să te poți descotorosi de ele.

— Bună idee!

— Și cum am găsit și urme de pământ... poate ăsta e un punct de plecare pentru tine.

— Super! Mulțumesc, James! Știu ce am de făcut! Trebuie să îi spun și Melissei.

— Ne cunoaștem de mult timp, dragul meu. Îmi permiți să fiu sincer cu tine?

— Chiar te rog.

— Ei bine, fie. Ai nevoie să te mai îmbărbătezi nițel, „man up", cum spun unii.

— Ce vrei să spui?

— Ai devenit detectiv peste noapte. Ai fost agent de teren o perioadă scurtă, dar ai avut întotdeauna un al șaselea simț, care te-a ajutat să ajungi acolo unde ești. Doar că nu ai atât de multă experiență pe cât ar trebui. Știi și tu că am dreptate. Dar nu despre asta este vorba aici. Derek, ai vomitat mai mult de o dată, serios acum!

— Și un detectiv adevărat nu vomită sau ce vrei să spui?

— Nu.

Îmi întorc spatele și plec. Mă simt jignit de vorbele lui, însă știu că are dreptate. Dacă nu era Melissa, rămâneam agent de teren o perioadă lungă.

Ies din clădire, fără să mai trec pe la șefa mea, și mă urc în mașină. Conduc până la familia Ily, convins că ceea ce am să întreb are să-mi deschidă cel puțin o poartă spre o pistă mai sigură sau, poate, va fi doar un drum în plus și nimic mai mult.

Odată ajuns, ciocănesc și aștept. Nu răspunde. Mă dau doi pași mai în spate și nu știu ce mă îndeamnă să ridic privirea spre geamul de sus. Atunci, zăresc pe cineva care, cum mă vede, se ascunde imediat în spatele draperiei.

— Sunt detectivul Smith. Am fost ieri la dumneavoastră. Puteți deschide? strig eu cât pot de tare în direcția persoanei necunoscute.

Nu aud niciun zgomot și ușa rămâne închisă. Mă uit din nou spre geam, dar nu mai este nimeni. Mă gândesc că poate mi s-a părut. Pentru câteva secunde stau pe loc, apoi decid să intru-n mașină. O sun pe Maya, cu intenția de a-mi face rost de numărul de telefon al doamnei Ily.

— Maya?

— *Da! Încă sunt la Samantha acasă, dar...*

— Știu, știu... Îmi poți face rost de numărul doamnei Ily?

— *Când ajung la birou.*

— Ești singură acolo?

— *Nu, sunt cu John!*

— Este nevoie de două persoane pentru a cotrobăi în casa unui mort?

— A, înțeleg. Îl las doar pe el și eu mă duc la birou după ce mi-ai cerut.

— Te rog. Iar în drumul tău, gândește-te la o soluție să afli mai rapid numele celei de-a treia persoane. Dar spune-i lui John să nu plece de acolo, până ce nu are informații legate de iubitul fetei.

***

Gândurile îmi sunt întrerupte când lumina din fața casei se aprinde.

S-a întunecat mai repede decât mi-am dat seama. Nu este târziu, însă pe întuneric sunt anumite lucruri pe care le poți observa mai bine, decât pe timp de zi.

Mă uit mai atent și văd o mică siluetă, furișându-se afară din casă, pe ușa principală.

Ies din mașină, las portiera deschisă pentru a nu face vreun zgomot și mă apropii cât de mult pot. Persoana neindentificată stă în fața ușii cu spatele la mine. În cel mai inoportun moment, calc pe o crenguță desprinsă, creând suficient zgomot pentru ca intrusul să mă observe. Poartă un hanorac închis la culoare și pe cap, o glugă. Pentru câteva secunde, se uită în direcția mea, apoi dispare în beznă, fără să mai apuc nici măcar să fac un pas spre ea. Alerg spre ușa casei, verific toată zona, dar nu mai e nimeni.

Pur și simplu a dispărut fără urmă. Adrenalina îmi face inima să o ia la goană. Scot telefonul din buzunar și îl sun pe John.

— Hei, unde ești?

— *Acum am ajuns la secție. Ai nevoie de mine?*

— Da, vreau o patrulă care să supravegheze casa familiei Ily.

— *S-a întâmplat ceva?*

— Îți spun când mă întorc la secție. Rezolvă situația cu patrula. Am nevoie de ea acum. Vin spre voi când cineva mă înlocuiește aici. Și încă ceva: ce știi de Maya? Trebuia să-mi dea numărul familiei Ily, dar nu am primit nimic de ore bune.

— *E lângă mine și spune că ți-a lăsat mesaj.*

— Mesaj? Ah, la naiba, cred că am telefonul pe mut. Spune-i să mă sune data viitoare. Ne vedem în curând.

După ce închid, formez numărul, dar nu răspunde nimeni. Mai încerc o dată, aceeași situație. Poate a treia oară e cu noroc.

— Bună seara. Sunt detectivul Smith. V-am tot sunat. E totul în regulă?

— *Ah, domnule detectiv. Da, suntem bine*, spune soția lui Dave.

Una îmi spune, dar alta simt. Pare uimită și chiar șocată că o sun. Îmi continui conversația cu ea, fără să insist foarte mult.

— Nu vreau să vă deranjez din ceea ce faceți, dar când vă întoarceți acasă? Am trecut mai devreme pe la dumneavoastră, dar nu era nimeni.

— *Oh, păi, da. Noi am fost puțin plecate la... la cumpărături. S-a întâmplat ceva?*

— Vreau doar să vă mai pun câteva întrebări. V-ați întors?

— *Da, de fapt, în două-trei minute ajungem.*

Închid telefonul înainte să mai spună ceva. Am senzația că sunt mințit sau că îmi ascunde ceva. Cumpărături? Totul mi se pare cam tras de păr. Rămân în fața casei lor pentru încă treizeci de minute, moment în care farurile mașinii lor luminează poteca. Coboară și rămân amândouă în fața mașinii încă alte câteva minute, uitându-se curios în stânga și în dreapta, apoi intră în casă.

Nu au nicio sacoșă cu ele.

***

— Bună seara, spun când femeia deschide ușa, speriată să mă vadă atât de rapid.

— Ne cerem scuze că a durat mai mult decât am spus la telefon. Ne așteptați de mult?

— Nu, nu, tocmai ce am ajuns și eu.

— Oh, foarte bine. Vă rog să intrați. Tocmai făceam niște ceai. Vă servesc?

— Nu, mulțumesc. Sunt bine. Nu voi sta mult. Am doar câteva întrebări.

— Da, da, vă rog! Poftiți!

Pe când înaintez spre bucătărie, adolescenta își intersectează privirea cu a mea, iar fața i se înroșește cât ai clipi. O salut și mă așez pe scaun.

— Cum a fost la cumpărături?

— Oh, bine, bine, spune ea grăbită. Câteva lucruri pentru casă. Știți dumneavoastră, cele necesare.

— Nu, nu știu. V-am mințit când am spus că tocmai am ajuns. V-am văzut când ați parcat. Eram în mașină și ghiciți ce! Nu am văzut nicio sacoșă. Este ceva ce ar trebui să știu? Doamnă, nu vreți să vă trageți și fiica după dumneavoastră. Dacă refuzați să-mi spuneți aici și acum, nu-i nicio problemă. Putem face asta la secție. E alegerea dumneavoastră.

— Mami...

Femeia își întoarce privirea către fata ei. Văzând-o cât e de speriată, rezemată de bufetul din bucătărie și rozându-și unghiile, își lasă capul în pământ și spune:

— Vreau să vând casa. Nu mai putem sta aici. În primul rând, mă tem pentru siguranța mea și mai ales a fiicei mele. Am luat decizia brusc și, după muncă, am mers la o agenție imobiliară, apoi la maică-mea, să văd dacă putem sta la ea până ce găsim ceva potrivit. Nu știu de ce nu v-am spus. Acum îmi dau seama că s-a putut interpreta.

— Am senzația că este mai mult de atât.

— Nu, chiar nu.

Un al șaselea simț mă tot forța să cred că în spatele acestei povești ar mai fi ceva. Dar, în același timp, dacă aș insista, aș risca să își piardă complet acea fărâmă de încredere-n mine. Pe de altă parte, nu prea am nici timpul de a o menaja. Adopt strategia pe care am observat-o la Mel, pe când lucram împreună: să o las să fiarbă în suc propriu.

— Dacă aflu că este ceva mai mult, veți suporta consecințele, oricare ar fi ele. Doar atât vă mai spun: aveți un copil minor. În altă ordine de idei. Când ați intrat în casă, totul vi s-a părut la locul lui?

— Da, spun amândouă, uitându-se în jur. De ce?

— Permiteți-mi să mă duc puțin până la etaj. Aș vrea să mă uit la ceva.

— Da, sigur. Vă conduc.

— Nu este nevoie. Cred că voi găsi drumul singur.

— Cum doriți, spune femeia sceptică.

Urc scările și mă uit atent la fiecare detaliu. Intru în camera cu pricina. Patul nu este deranjat, draperia este pe jumătate trasă și totul pare în ordine în jurul meu. Deschid șifonierul cu uși glisante și mă uit înăuntru. Toate hainele sunt așezate pe culori, pe anotimp și pe mărime. Cred că trebuie să ai o anumită problemă ca să te apuci să faci asta. Ies și mă duc în următoarea cameră unde curățenia este la fel ca într-un spital. Nici măcar o urmă de praf nu este.

La baza scărilor, cele două mă așteaptă panicate.

— S-a întâmplat ceva?

— Nu sunt sigur, dar vreau să vă întreb un lucru. Am venit acum vreo trei ore să vă văd. Nu știu cum mi-a venit să mă uit spre camera de sus. Este a dumneavoastră sau a fetei?

— A ei, spune cu vocea înecată.

— Mi s-a părut că am văzut pe cineva acolo care se uita la mine. Când mi-am ridicat privirea, s-a ascuns după draperie.

— Doamne Dumnezeule! Vreți să spuneți că a fost cineva în casa noastră?

— E posibil. Am rămas în mașină, crezând că poate veți veni mai devreme. După vreo două-trei ore, pe când se înserase deja, lumina de la intrare mi-a atras atenția.

— Este pe senzor, da.

— Cineva a ieșit din casă, dar brusc a luat-o prin spate și i-am pierdut urma.

— Nu pot să cred, zice femeia cu vocea tremurându-i. Doamne Iisuse Hristoase...

— Nu vă faceți probleme. O patrulă va sta în permanență în fața casei voastre. Îl vom prinde, orice ar fi.

— M-ați speriat rău. Mi-e frică să mai stau și în propria casă.

— Aveți numărul meu. Nu ezitați să mă sunați, la orice oră.

— Domnule? rostește fata timid exact când eram cu mâna pe clanță.

— Da, vrei să îmi spui ceva?

—Da, dar nu vreau să se supere mami pe mine, zice uitându-se spre ea cu teamă.

— Ce e? întreabă nedumerită.

— Posibil să mă înșel, dar cred că știu cine era în camera mea.

— Poftim? o aud pe maică-sa strigând. Cum adică știi?

— Ți-am spus să nu te superi.

Buza de jos a început să îi tremure, iar mâinile și le frământa una într-alta.

— Ți-am ascuns pentru că știu că nu ești de acord: am un prieten. Ne vedem pe furiș câteodată.

— La tine în cameră? răbufnește femeia din nou.

— Da, dar nu am făcut nimic.

— Ești sigură? preiau eu inițiativa.

— Cred că da. Urma să ne vedem, dar plecând cu mama, nu am mai avut timp să îl anunț.

— Bine, vom lăsa totuși pe cineva în fața casei, pentru a ne asigura.

Plec, lăsându-le să își rezolve problemele mamă-fiică.

CAPITOLUL 7

— Maya, ai vești?

— Da, multe! Iubitul Samanthei, cel adevărat de această dată, este în sala de interogare. A, și au analizat sângele de pe tricoul din casa ei. E al lui Tibby, așa că am ajuns în alt punct mort.

— Și despre a treia victimă?

— Încă nu avem nimic.

— Ok, atunci le luăm pe rând. Legat de ultima, am o idee. Află din sistem care sunt persoanele date dispărute în ultima lună. Sper să nu fie prea multe. Vom analiza fiecare situație în parte și sper că asta ne va aduce răspunsul pe care îl așteptăm.

— Ai idee cât timp ne va lua asta?

— E singura alternativă pe moment. Însă dacă ai tu o idee mai bună pe care ai ținut-o pentru tine tot timpul ăsta cât noi ne-am dat peste cap, sunt numai ochi și urechi.

— Nu trebuie să fii atât de sarcastic.

— Legat acum de tipul din sală, cum îl cheamă?

— John Clarks. Are patruzeci și cinci de ani și locuiește singur.

— Bine. Vii cu mine?

Cu cât mă apropii mai mult de sala de interogare, cu atât un sentiment straniu mă invadează, făcându-mi inima să-mi bată cu viteză. Maya, in schimb, este foarte încântată.

— Bună seara! Sunt detectivul Smith și ea e colega mea, Maya Bailey.

— Salut, spune bărbatul din fața mea, ținându-și mâinile încrucișate și ochii explorând trupul lui Maya, cu o expresie total relaxată, chiar puțin batjocoritoare aș zice.

Zâmbesc subtil și trec la subiect:

— Haide să începem! Trecem peste introduceri și alte scamatorii. Spune-mi, care e legătura ta cu Samantha Kelly?

— Suntem împreună de peste un an sau cam așa ceva. De ce?

— Cum descrii relația voastră?

— De ce întrebați?

— Pentru că a fost găsită moartă acum douăzeci și patru de ore.

— Moartă? întreabă el cu o voce subțire, așezându-se mai bine pe scaun și privindu-ne total pierdut, parcă așteptând ca unul dintre noi să spună ceva.

— Când a fost ultima dată când ai văzut-o?

— Chiar acum două zile. A rămas la mine pentru mai mult timp și mi-a spus că apartamentul ei trebuie renovat.

— Aha. Și cine îl renova?

— Angajase o firmă care să se ocupe de asta.

— De câte ori ați fost în apartamentul ei?

— Niciodată.

— Ați fost împreună timp de-un an, intervine Maya, și nu ați fost niciodată la ea acasă?

— Nu, pentru că ea nu voia. Și în plus, casa mea era mai spațioasă. Așa că ne vedeam la mine.

— Vi s-a părut ceva suspect la ea în ultimele zile?

— În ce fel?

— Părea tristă sau agitată?

— Deloc. Într-o seară a trebuit să plece, spunând că trebuie să ajungă la părinții ei, că nu știu ce problemă aveau, iar când s-a întors, da, părea schimbată, dar nimic care să mi se pară ieșit din comun.

Povestea lui coincide cu ce a spus Tibby. Citesc pe fața lui că nu știe nimic mai mult.

— Nu ați întrebat-o ce aveau părinții ei?

— Nu, pentru că nici nu îi cunosc. Sammy spunea că, odată ce cunoști familia celuilalt, relația se duce spre un alt nivel, iar ea nu era pregătită pentru asta. Și nici eu. Ne simțeam bine așa cum eram.

— Dar faptul că nu ați mai văzut-o de două zile nu v-a ridicat niciun semn de întrebare?

— Nu, vă spun sincer! Nu era prima dată când dispărea în ceață. S-a mai întâmplat asta și în trecut, iar după câteva zile mă suna să-și ceară iertare.

— Nu are sens să mai întreb dacă vă deranjau plecările ei, însă aveți vreo idee unde se ducea?

— Habar n-am.

— Atunci, domnule Clarks, sunteți liber să plecați. Nu părăsiți orașul. Dacă vă mai amintiți ceva, sunați-mă. Vă las cartea mea de vizită, zic întinzându-i-o.

— Nu îmi poate da domnișoara numărul ei? întreabă individul.

— Vă mulțumim! Asta e tot.

CAPITOLUL 8

O găsesc dormind pe Claire. Câteodată, când se bagă la somn devreme, e semn că a început un război, fără ca eu să fiu pus la curent.

Mă strecor lângă ea în pat, încercând să nu fac zgomot. Nu durează prea mult până să se întoarcă spre mine. M-a simțit.

— Acum ai ajuns? întreabă ea, confirmându-mi ipoteza.

— După cum se vede, da.

Oftează, iar asta mă enervează și mai rău.

Sunt așa de obosit, dar, mai mult, sătul de discuțiile și certurile inutile. Îmi controlez reacțiile de ceva ani, dar în seara asta este prea mult.

— Claire, nu a fost seară în care să fi venit acasă la o vorbă bună. Sunt atât de obosit, încât nu mai am chef să ne certăm. Tot ce vreau e să dorm.

— Și e vina mea pentru că...?

— Pentru că de la tine pleacă toate astea. Am mers pe vârfuri, să nu risc să te deranjez sau să fac vreun zgomot, ca să te trezesc.

— Vreau să..., încercă ea să zică.

— Să mă aduci în pragul disperării, asta vrei.

— Nu, spune ea cu o voce slabă. De ce te enervezi mereu așa de repede?

— Pentru că am un job. Știi bine. Nu pot să-mi fac programul în funcție de starea ta de spirit. Uită-te la noi, tot ce facem e să ne certăm.

— Ce insinuezi?

— Nimic. E realitatea, de când ai pierdut sarcina.

— Să nu îndrăznești să deschizi subiectul ăsta.

— Amândoi am pierdut copilul.

— Tu ai trecut mult prea repede peste. Nu știi ce înseamnă pentru o femeie să pierzi un copil. Nici sex nu mai facem de când... Te-ai distanțat...

— N-am chef să te mai aud cu aceleași căcaturi.

Am cunoscut-o pe Claire în același pub în care mergeam deseori cu Mel după muncă. În acea seară eram devastat, pentru că mă despărțisem de Melissa, pe care o iubeam și încă o iubesc enorm de mult. Băusem cam mult. Am văzut-o pe Claire singură la o masă, cu un cocktail în mână. După cum arăta, așa de tristă, am vrut să cred că era în aceeași situație ca și mine. Am abordat-o, iar după vreo patru ore eram în continuare la aceeași masă cu fata. Am plecat de-acolo abia când barmanul ne-a dat afară pentru că închidea. M-a invitat la ea acasă. Nu am stat mult pe gânduri, pentru că eram singur și îndurerat și nu aveam să dau socoteală nimănui.

M-am culcat cu ea gândindu-mă tot la Mel, dar ea nu avea de unde să-mi știe povestea. Știa despre mine doar ceea ce am vrut eu să împărtășesc. Dimineața am plecat din apartamentul ei înainte să se trezească. Nu ne-am căutat, nu ne-am sunat, deși în beția mea i-am dat numărul meu. La câteva săptămâni distanță, am primit un apel de la un număr necunoscut. Era Claire, care mă anunța că era însărcinată. Am crezut că pică cerul pe mine. Pe scurt: m-am căsătorit cu ea, pentru că, pe atunci, așa mi s-a părut corect, deși nu o iubeam. Speram că voi putea să învăț s-o iubesc pe parcurs și s-o uit pe Melissa. Dar nu a fost așa. Apoi Claire a pierdut sarcina. De atunci ceva s-a rupt și n-am mai fost vreodată apropiat de ea.

Ce știu e că sentimentele pentru șefa mea sunt tot acolo, vii și nevătămate, cu toate că soția mea este Claire.

— Nu pot să continui discuția asta, spun ridicându-mă de pe pat și părăsind camera.

Nicio conversație cu ea nu duce nicăieri. Mă resemnez, luându-mi o pătură din camera alăturată, apoi cobor în sufragerie. Mă așez pe canapea, dau drumul la un film și încerc să mă deconectez, deși intenția anterioară era să mă odihnesc.

Reușesc să mă uit vreo douăzeci de minute la un episod din Supernatural. De obicei, serialul ăsta mă face să mă simt bine, însă acum nu funcționează. Gândul mi-e în altă parte. Mă ridic și iau dosarul care m-aduce în pragul nebuniei. Aprind lumina și înșir toate hârtiile în jurul meu.

Brusc, îmi amintesc motivul pentru care plecasem spre familia Ily și pe care uitasem să-l abordez.

Scot telefonul din buzunar și îi scriu lui John un mesaj:

Mâine, când ajungi la muncă, treci pe la familia Ily. Întreabă pe unde obișnuiau să meargă împreună și unde se întâlnea Dave cu amanta lui. Știu că e un subiect delicat, dar mă bazez pe tine. P.S. Vorbește și cu agentul care le supraveghează casa.

La câteva minute, primesc mesaj de la John:

Nu dorm. Mă gândesc și eu la caz. Mă îngrozește, să fiu sincer. Nu știu cine îi era amantă, dar se întâlneau într-un hotel, Holiday Inn, undeva în centru. Mă gândesc ca eu sau Maya să dăm o fugă acolo mâine de dimineață înainte de muncă. E vreo pistă?

Îi răspund: *Nu știu. Tot încerc să aflu ce au aceste două victime în comun, dar nu reușesc. Ați rulat în sistem persoanele dispărute? Legat de hotel, da, este o idee bună.*

John: *Da, dar încă nu avem situația completă. Durează prea mult. Am lăsat programul să-și facă treaba, înainte să plecăm de la birou! Mâine sunt sigur că vom găsi ceva.*

Eu: *Ok, ne vedem atunci!*

John: *Ești bine? Toată ziua ai stat ca pe ghimpi.*

Eu: *Cât am stat să le aștept pe doamna Ily și pe fata ei, s-au întâmplat câteva chestii stranii. N-am apucat să vă spun despre ele. Acesta e motivul pentru care am pus casa sub supraveghere. Peste toate astea adaugă veșnicele probleme cu Claire.*

John: *Ce pot să mai spun?*

Eu: *În fine, te las. Mă mai uit o dată peste caz, înainte de somn. Ne vedem în câteva ore și nu uita ce te-am rugat.*

***

Nu știu când am ațipit, dar acum e târziu. Am ratat alarma și abia mai e timp pentru un duș rapid.

Mă îmbrac în fugă și conduc direct spre agenție, unde îl observ pe John lăsându-și mașina în parcarea pustie. Suntem primii.

Noi doi ne cunoaștem de mult. Am fost colegi de școală, dar nu apropiați. Ne salutam și aia era tot, până când ne-am întâlnit la universitate, cu gândul să urmăm aceeași carieră, iar asta ne-a legat cumva.

John era un magnet pentru fete, însă nu și eu. Am avut tot timpul impresia că înfățișarea nu mă ajuta. Eram gras tare pe vremea aia și nu aveam replicile cu mine. Nu știu dacă eram timid sau doar prostănac. Dar nu asta contează. Lucrurile s-au schimbat între timp.

El s-a căsătorit înaintea mea. Soția lui e o femeie minunată și se înțeleg foarte bine.

La capitolul ăsta, eu am dat-o-n bară.

Măcar jobul mă mai ține ocupat, cât să nu mă urc pe pereți când vine vorba de casă.

— 'Neața! Ce-i cu tine așa devreme?

— S-a luat de la tine, Derek. Zău de nu.

— Hai, fac cinste cu o cafea, zic râzând cu poftă.

Aprind luminile din biroul acum pustiu și trezesc la viață calculatorul lui John.

— Uite, John, programul a terminat de rulat.

Pe ecran, sunt afișate numele și datele tuturor persoanelor dispărute din ultima lună. Șapte la număr.

Pornesc aparatul de cafea, iar în timp ce aștept porția de cofeină, îmi sună telefonul.

— *Derek, mai avem o victimă,* zice Maya cu o voce tremurătoare.

— Poftim? Unde?

— *În același loc unde ai găsit-o tu pe prima sau pe primele trei. Mă mir că nu ai dat peste ea de dimineață.*

— Pentru că nu am ieșit la alergat, spun stins, parcă regretând deja faptul că nu am făcut-o. Cine a găsit-o?

— *Un pieton.*

— Martori?

— *Cu asta mă ocup acum.*

— Ajungem acolo în câteva minute.

— *E groaznic ce văd... Cazul ăsta îmi dă fiori. Vreau să plec în concediu și să mă întorc după ce totul revine la normal.*

— Ar putea fi cel mai lung concediu al tău. Rămâi acolo. Ne vedem în curând.

Închei apelul și mă întorc spre colegul meu, care mă privește cu o expresie suspicioasă. Probabil că fața mea trădează emoțiile.

— John, haide să mergem. Mai avem o victimă. Ia cafeaua cu tine în mașină.

— Când dracu'?

— Cred că de dimineață. Nu știu, aflăm mai mult la fața locului.

Conduc ca un bezmetic până aproape de casa mea.

Oare era menit ca eu să găsesc victima? Oare cineva vrea să-mi atragă atenția?

Parchez pe interzis, dar nu mă interesează acum. Închid ușa din zbor și alerg spre Maya și restul echipei.

— Ce avem? întreb.

— Același tipar, răspunde Maya.

— James, tu ce îmi poți spune?

— Ei bine, cum a spus și ea, este același șablon. Îți amintești când ți-am spus că acesta e doar începutul? Poftim dovada! Derek, spune îndreptându-și corpul amorțit spre mine, trebuie să-l prinzi cât mai repede. Am senzația că știu ce plan are.

— Da? Care? întreb surprins.

— Vorbim între patru ochi după ce examinez corpul. Dacă e să mă înșel, e suficient să-ți distrug ție ziua. Nu trebuie să fac asta pentru toată lumea.

— Apreciez. Mă faci deja să mă simt mult mai bine. Dar zi-mi despre victimă.

— Bărbat, caucazian. Aș zice că a murit acum patru-cinci ore, deja membrele sunt rigide. Are amprentele distruse, dar putem face analiza ADN. De această dată, avem un singur cadavru.

— Vârsta ne-o poți spune?

— Oasele sunt mature, iar părul este cât de cât sănătos, deci undeva între patruzeci-patruzeci și cinci de ani.

— Vreo scrisoare?

— Da. E la Jess și Mike. De data asta nu a fost scăldată în sânge.

— Vreau să văd și eu.

Mă apropii destul de precaut, deși nu vreau să le arăt colegilor semne de slăbiciune. E o altă crimă monstruoasă. Prin iarbă, zace întins un corp lipsit de viață și desfigurat, parcă trecut printr-un tăietor de lemne. Are mâinile detașate de corp, iar abdomenul e deschis, lăsând la vedere spectacolul intern. Organele vitale îi lipsesc, iar mațele îi sunt întinse pe afară. Peste tot e sânge și ochiul drept e scos din orbite și de negăsit. Cel stâng se mai agață firav de o arteră. Singurele întregi sunt picioarele. Mă întreb dacă n-a mai avut timp să termine.

Scrutez întreaga zonă și un corb îmi atrage privirea. Mănâncă ceva de pe jos. Fără să mă gândesc prea mult, alerg spre el. Acesta mă zărește și își ia zborul. Îl urmăresc cum se înalță și atunci observ cu ce se delecta. Brusc, stomacul se întoarce împotriva mea, lăsându-mi în gură un gust acru-amar. De ghearele lui atârnă mațele cadavrului. Pasărea fâlfâie din aripi și picuri de sânge cad pe pământ. E o ploaie morbidă, iar spectatorii la scenă sunt împroșcați cu stropi de moarte.

Mă sprijin pe genunchi, forțându-mă să respir și să mă gândesc la orice altceva. Am presimțirea că, în curând, o să contaminez din nou locul faptei. Mă ia cu amețeală și gustul din gură devine din ce în ce mai pronunțat.

Rămân așa câteva minute, apoi, spre bucuria de-a nu mă face de râs încă o dată, îmi revin parțial.

— Ești bine, Derek? Ești cam palid, zice Maya.

— Sunt ok, răspund nu foarte convingător, dându-mă câțiva pași înapoi.

Iau o mică pauză de la priveliștea din spatele meu și îmi scutur hainele. Ce dezgustător! De mâna mea s-a lipit o bucățică. Stomacul o ia razna și vomit pe unde apuc. După ce termin, mă așez pe iarbă și mă străduiesc cu disperare să-mi conduc gândurile spre altceva, dar mintea îmi e invadată de pasărea aia nenorocită.

— Derek, haide să mergem spre birou, spune Maya, încercând să mă ridice de jos.

— Iar? întreabă James ironic. Cred că se poate numi tradiție ce faci tu de fiecare dată. Îți marchezi teritoriul, băiete, la fel ca un câine.

Râsul lui mă enervează la culme.

— Serios? Asta spui tu acum? îl întreb.

— Te-au ajutat vorbele mele?

Cu adevărat, am implementat o tradiție. Dau la rațe cu fiecare ocazie grotescă. Prevăd o zi lungă pentru cât de prost a început.

— Ai văzut lista cu cei dispăruți? întreabă John, schimbând vorba.

— Da, am și printat-o. Trebuie să începem investigațiile, îi răspund.

— Care este planul?

— Te întorci la familia Kelly și afli locațiile cel mai des frecventate de Samantha. Vreau să găsesc un punct comun pentru aceste victime.

— Maya, vreau ca tu să iei lista persoanelor dispărute recent care se încadrează în intervalul de vârstă patruzeci–cincizeci de ani. Te duci la primii trei identificați și afli cât de multe poți, iar eu voi merge la ultimii trei. Ne întâlnim undeva la mijloc.

— Bine, boss.

— Orice aflați, mă sunați. Eu mai am ceva de făcut, apoi ies pe teren.

***

Întors la agenție, îmi fac o cană de cafea și mă duc la Melissa în birou.

— Scuze, am văzut ușa deschisă. Deranjez?

— Te rog, intră. Am auzit ce s-a întâmplat. Încă o victimă.

— Da. Mă simt legat de mâini și de picioare. Au trecut deja trei zile și nu am ajuns nicăieri cu investigația asta. Ce mă sfătuiești?

— Nu știu, Derek, nu știu. Am prea multe pe cap.

— Te pot ajuta cu ceva?

— Da. Să pleci. Trebuie să gândesc, zice ea cu vocea gravă.

— Ok, dacă ai nevoie de orice, anunță-mă!

Nu am mai văzut-o niciodată într-o stare ca asta. Nici nu știu cum ar fi mai bine să reacționez. Mai bine o las în pace. Mă retrag, închizând ușa în spatele meu și-mi văd de-ale mele.

Pe coridorul de jos, un bărbat, care pare puțin rătăcit, după cum se uită în jurul lui, se apropie cu pași timizi de biroul meu.

— Căutați pe cineva? întreb.

— Vă cer iertare! Nu am vrut să dau năvală. Sunt aici... adică, cei de la securitate m-au lăsat înăuntru, însă nu mi-au fost de mare ajutor.

— Vă îndrum eu. Spuneți-mi de ce anume aveți nevoie?

— Ah, nu știu sigur dacă e o idee bună, spune retrăgându-se ușor, de parcă ar avea nevoie să fie convins că ceea ce urmează acum să facă, orice ar fi asta, e într-adevăr corect.

Are mersul legănat și își tot șterge mâinile pe pantaloni.

— Sunteți deja aici, așa că v-ascult.

— Păi, îl caut pe domnul Derek Smith.

— Oh, e ziua dumneavoastră norocoasă. Eu sunt.

— Am ceva de mărturisit, dar aș vrea să nu mă audă nimeni.

— N-are cine. Suntem doar noi doi, însă, dacă v-ar face să vă simțiți mai bine, putem merge într-o sală de interogatoriu.

E clar faptul că se teme de ceva. Replica mea l-a descumpănit serios. Cu trupul tremurându-i, se apropie de scaunul din fața mea și se așază pe acesta, de parcă s-ar fi resemnat.

— Sunteți sigur că nu ne-aude nimeni? întreabă el, pe un ton mai jos decât înainte, uitându-se scurt în urmă.

— E chiar atât de periculos ceea ce vreți să-mi spuneți?

Verific subtil dacă lumina roșie a camerei de înregistrat este aprinsă.

— N-am mai făcut asta niciodată, dar soția m-a împins de la spate să vin să vă spun. Eu nu voiam. Simt că mă bag în ceva care nu e treaba mea. Apoi tot ea mi-a spus că e pentru binele întregii comunități. Și iată-mă aici.

— Vă înțeleg teama. Însă, îmi puteți spune orice.

— Ah, nu, nu eu. Eu doar am văzut... nimic altceva. Eram în locul și momentul complet nepotrivit. Chiar sunt în siguranță aici?

— Da, domnule. Acum, vă rog, îmi spuneți ce este așa de important?

— Prea bine. Am o informație, cred că una utilă, legată de crima descoperită recent.

La auzul acestor cuvinte, întreg corpul parcă mi s-a trezit la viață. Nu-mi vine să cred ce-mi aud urechile. Un martor, în sfârșit! Îmi țin în frâu entuziasmul, continuând discuția cu profesionalism.

— Vă ascult.

— Eu sunt constructor. Am lucrat câteva luni bune într-un loc departe de casă, apoi, când am terminat acolo, a trebuit să încep în altă parte. Am stat două zile pe bară, pentru că nu aveam nimic în plan. Aseară, când m-a sunat șeful meu, mi-a spus că sunt niște șanțuri de săpat, undeva la câteva minute distanță de mers pe jos față de unde stau. Ieri a fost prima mea zi de muncă.

— Așa...

— Nu mă grăbeam, aveam suficient timp să ajung. Mereu mă trezesc mai de dimineață decât ar trebui. Am probleme cu somnul.

— La subiect, dacă se poate, spun cât reușesc de elegant.

— În drum spre muncă, am decis să mă răsfăț și eu. Așa că am oprit la o cofetărie să-mi iau o cafea. În timp ce așteptam la coadă, mi-a atras atenția o discuție aprinsă între un bărbat și o femeie, care nu erau prea departe de mine. Nu am auzit tot ce spuneau și oricum nu prea i-am acordat importanță. M-am tot uitat la ceas, să fiu sigur că voi ajunge în timp la muncă.

— Unde vreți să ajungeți cu asta?

— Imediat vă spun. Mi-am luat cafeaua, apoi mi-am continuat drumul, în aceeași direcție în care cei doi se certau. I-am ocolit, dar, știți cum e omul, nu m-am abținut să nu-mi întorc privirea spre doamnă. Părea foarte aprinsă față de bărbatul care-i asculta supus dojenile. Nu am prins decât vreo câteva secunde, apoi m-am dus în treaba mea. Ei bine, domnul de care vă spun... Chiar sunt în siguranță?

— Spuneți odată!

— Cum vă ziceam, azi a fost găsit mort.

— Poftim?

Oricât de mult încerc să mă mențin calm, tonul vocii mele nu se poate preface. Am un martor care a văzut victima în viață, cu puțin înaintea crimei, certându-se cu cineva. Ce poate fi mai bun de atât?

— Mi-am dat seama de asta, pentru că am văzut la știri. Și nu aveam cum să văd dacă mergeam la muncă. Astăzi sunt liber, d-asta am și venit aici la dumneavoastră, că dacă munceam, cu siguranță nu veneam.

— Ați spus că ați văzut femeia cu care se certa, nu?

— Da, însă doar pentru câteva clipe.

— Suficient cât să o descrieți?

— Cu siguranță. Dar nu știu dacă ar trebui să continui. Am văzut multe filme polițiste în care martorii deseori mor. Deși, dacă află soția că nu v-am spus tot...

— Stați liniștit. Voi avea grijă de dumneavoastră. Spuneți-mi cum arată?

— Nu e nevoie să o descriu.

— Poftim?

— Pentru că știu cine e. Asta încerc să vă spun, dar nu mă lăsați să continui, mereu mă întrerupeți! O văd mereu la televizor, chiar și zilele trecute. O cheamă Melissa Gibbs.

CAPITOLUL 9

Într-adevăr, ieri Melissa mi s-a părut că se purta ciudat și, mai devreme, când am fost la ea, era mai rău. Dar nici prin cap nu mi-ar fi trecut că ar fi implicată în ceva atât de repugnant.

L-am luat pe Charlie pe toate părțile, i-am pus cele mai penibile, sucite și chiar proaste întrebări din istorie, în speranța că poate femeia pe care a văzut-o nu era ea.

— Vă mulțumesc pentru timpul acordat. Vă conduc.

— Sunteți sigur că nu voi fi găsit mort?

— Dacă veți fi, mă voi ocupa eu de dumneavoastră personal, spun în spirit de glumă, dar imediat cum am rostit cuvintele, am realizat că l-am speriat mai mult pe sărmanul om.

După ce îl însoțesc până la ieșire, mă întorc și m-așez la birou să diger informațiile. N-aș vrea să mă las pradă impulsului și să dau buzna la ea, până ce nu găsesc o legătură sau o explicație logică în toate astea.

Nu cred că ar fi în stare să ascundă astfel de lucruri. La urma urmei, ea e directoarea agenției.

Pereții clădirii parcă se micșorează în jurul meu, strivindu-mă. Am nevoie de aer curat. Ies în fugă până în curte, să-mi limpezesc gândurile.

Simt nevoia să mă descarc, să-mi dau seama ce urmează acum să fac. Oare ce altceva îmi mai ascunde?

Orice ar fi, știu două lucruri: primul, trebuie să vină cu o explicație mai mult decât rezonabilă, iar al doilea și cel mai important, nu o văd capabilă să comită o crimă.

Pe de altă parte, mă simt trădat. Noi doi avem un trecut împreună, iar prin ceea ce a făcut ea acum, mă silește și pe mine să-mi mint echipa. Sau poate nu? Dacă Melissa minte, eu ce ar trebui să fac? Nu vreau ca John și Maya să-și piardă încrederea în mine.

Cumva, trebuie să ies la liman din tot rahatul în care, fără să vreau, sunt inclus. Verific telefonul, am trei apeluri pierdute de la John și două de la Maya. Nu pot vorbi cu niciunul dintre ei, nu încă. Mă întorc la birou să-mi confrunt șefa. Într-un fel sau altul, tot voi afla ce se petrece.

Scot telefonul și îi scriu un mesaj lui Maya: *A intervenit ceva. Te rog, acoperă tu cât mai multe interviuri. Ne vedem la secție când termini.*

Urc scările, ciocănesc și intru direct în biroul Melissei. Nu știu cum va decurge discuția. N-am mai fost vreodată pus în situația de a-mi trage la răspundere superiorul.

— Derek, ce...

— Fă-ți timp, spun întrerupând-o. Trebuie să vorbim.

— Iar?

— Din nou, da! Și, de data asta, tu mă asculți, iar eu vorbesc. Îți vei da seama de una singură când trebuie să adaugi ceva.

— Nu cred că ăsta este un ton adecvat pentru a vorbi cu mine.

— Dacă ai fi în situația mea, cu siguranță ai fi recurs la ceva mult mai drastic decât ceea ce fac eu. Așa că ascultă-mă!

Dacă e implicată, o să aflu în ce măsură. O să o fac să-mi spună tot ce știe. Un criminal este în libertate, iar în momentul de față, singurele indicii duc spre ea.

— Noi doi încă avem sentimente unul pentru celălalt, dar nu despre asta am venit să discutăm. Ci despre faptul că trecutul pe care l-am avut mă face să m aștept să nu mă minți cu nimic, niciodată.

— Simt că mă judeci aiurea, fără nicio dovadă.

— Cineva te-a văzut discutând cu una dintre victime chiar înainte ca aceasta să fie găsită moartă, zic, analizându-i expresia feței.

Evită să mă privească direct în ochi, iar asta mă duce la concluzia că e vinovată sau ascunde ceva.

— Cum ai putut să nu-mi spui? Ești conștientă în ce situație mă pui? Sau în ce te-ai băgat?

— Derek...

— Te rog, vorbește cu mine.

— Cui i-ai mai spus? întreabă ea.

— Nu mai evita.

Se ridică de pe scaun și începe să se plimbe neliniștită prin cameră, frecându-și palmele. Brusc, se oprește. Se așază pe canapea, își împreunează mâinile, după care îmi spune:

— Știu că mă vezi deja ca fiind vinovată, dar nu e chiar așa.

— Atunci cum e? Cine era victima și de unde o știi?

— Nu i-ați aflat numele încă?

— Nu, pentru că am fost prea șocat să mă duc la laborator după ce martorul te-a văzut vorbind cu el. Am preferat să mă liniștesc întâi și să-mi dau seama ce este cel mai bine să fac.

— Oh!

— Melissa, pentru numele lui Dumnezeu! Spune odată! Nu mai am răbdare.

— Numele lui este Rick Lee. Și e un fost prieten.

— Iubit?

— Da.

— Continuă.

— L-am cunoscut online, pe o rețea de socializare. Era pe atunci medic, divorțat recent, adică undeva la zece luni. Nu avea copii. În fine, ne-am întâlnit la o cafea de câteva ori, apoi m-a condus acasă. Am ieșit puțin, să spunem așa.

Simt un oarecare disconfort în a discuta despre viața ei sexuală, iar aparent și ea se simte la fel.

— L-am plăcut mult, dar nu a fost să fie.

— Tu te-ai despărțit de el?

— Da.

— De ce?

— Pentru că nu eram compatibili în unele privințe. Nu vorbeam aceeași limbă. El voia mai mult, dar nu eram pregătită. Am divorțat de prea multe ori să mă mai avânt. Și plus că ne întâlnisem doar de câteva ori. Am preferat să închei relația cu el înainte să se ajungă prea departe.

— Cum a reacționat?

— Neașteptat de bine. A înțeles. Nici nu avea ce să nu priceapă. Am fost împreună câteva luni, apoi el și-a găsit pe altcineva cu care s-a și căsătorit, deși îmi mai scria din când în când.

— V-ați mai văzut între timp?

— Da, însă nu des.

— Chiar dacă el era cu altcineva? Nu te recunosc, Melissa. Am senzația că istoria ta se repetă la nesfârșit. Nu știi să te oprești niciodată la timp.

— Hei, nu adăuga în discuție lucruri care fac rău și care nu merită pomenite acum.

— V-ați întâlnit înainte să-l găsim mort. De ce? Ți-a spus ceva? E prea mare coincidența.

— Mă sunase în mod repetat în ultimele zile, spunând că îi era dor de mine și că voia să mă vadă. Am refuzat cu fiecare ocazie, dar era prea insistent. Și până la urmă, m-am văzut cu el.

— Și ce ați făcut? Unde v-ați dus? La tine acasă? întreb, simțind cum fierbe sângele în mine, în vreme ce-mi imaginez cum își plimba mâinile pe corpul ei, cum o săruta.

— Ne-am certat. I-am explicat că nu puteam fi împreună, nu deoarece el avea pe cineva, pentru că oricum nu mai vreau bătăi de cap, ci pentru că eu nu simțeam nimic pentru el. Am stat așa în mijlocul străzii, în văzul tuturor, gesticulând și aruncând cuvinte vulgare. Practic ne-am dezbrăcat de maniere în public, iar pe urmă am plecat fiecare pe drumul lui.

— Și?

— Apoi nimic! Ăsta a fost și unul dintre motivele pentru care nu ți-am spus despre asta. Ultima dată când l-am văzut era bine. Aici vreau să stipulez că mă refer la faptul că era în viață și nu avea nicio problemă. Iar apoi am aflat că e mort.

— Nu ți-a dat de înțeles că avea probleme? Poate cu soția lui? Orice fel de indiciu...

— Nu. Mi-a spus că totul era în regulă în relația lor. Totuși, nu i-am oferit suficientă importanță, pentru că nu mă interesa. Acum regret că nu l-am întrebat mai multe. Însă de unde era să știu eu că urma să fie omorât?

— De ce mi-ai ascuns?

— Încercam să-mi dau seama singură dacă am ratat vreun indiciu. Am vrut să descopăr dacă...

— Melissa, o întrerup, nu mai ești detectiv și nici agent de teren. Ești directorul agenției. Înțelegi că trebuie să anunț și echipa?

— Da, zice lăsându-și privirea în podea.

Nu știu de ce, dar asta mă determină să cred că nu e tot. Poate e doar faptul că nu pot să mai am încredere în ea și asta mă face să văd lucruri care nu sunt de fapt.

CAPITOLUL 10

Am rămas toată ziua la birou. M-am gândit la multe, prea multe, dar toate în jurul poveștii cu Melissa. E deja întuneric, iar John și Maya abia au ajuns de pe teren.

— Cum a decurs ziua? întreb fără prea mult entuziasm.

— O zi lungă, prea lungă, dar am avut un oarecare succes.

— Da, am aflat destul de multe informații. completează John.

— Abia aștept să le aud.

— Am verificat cele șapte victime dispărute care se încadrau în tipar. Ai făcut o alegere bună să nu fii de față.

— Puneți-mă la curent!

— A treia noastră victimă se numește Paul Hulston, are șaptezeci de ani, caucazian și e căsătorit. Am vorbit cu soția lui. Văzând că nu mai apare acasă și știind că bărbatului nu îi stătea în caracter să fie plecat atât de mult timp, s-a dus la secția locală la opt ore după momentul la care ar fi trebuit să se întoarcă. Polițiștii au spus că e prea devreme. Oficial, a fost pronunțat dispărut după trei zile. Ei bine, a fost prea târziu atunci. Soția lui mi-a spus că Paul avea o pată pe gamba dreaptă, semn din naștere.

— Toate persoanele au dispărut aproximativ în aceeași zi, la o distanță de doar câteva ore una de cealaltă, spune John.

— Și, mai mult decât atât, completează Maya, sunt toți din aceeași zonă. Se învârt în jurul parcului în care au fost găsite primele trei victime.

— Ciudat, spun.

— Uite care este teoria mea. Victimele sunt găsite în zona în care tu locuiești și în care alergi. Totul se leagă de tine.

Capul îmi vuiește și încep să fac niște conexiuni mult mai profunde.

— Mai este ceva ce ar trebui să știți, zic după o lungă pauză. În dimineața în care a fost găsită a patra victimă, eu trebuia să ies la alergat, dar nu am fost.

— Și crezi că era menit ca tu să găsești cadavrul? întreabă John cu o expresie de curiozitate, însă ca și cum în mintea lui deja ajunsese la aceeași concluzie.

— Are sens, nu?

— Ar trebui să te întrebi care este legătura ta cu toate aceste victime și oameni dispăruți?

— Nu văd niciuna. Nici nu cunosc oamenii ăștia.

— Uite o idee trăsnită, spune Maya. Poate soția ta? Poate ea i-a avut ca și pacienți?

— Nu cred. Claire... încearcă John să spună, dar îi tai replica.

— O voi întreba.

Cu colțul ochiului o zăresc pe Melissa coborând. Nu este deloc un moment oportun pentru ea. Se uită scurt la mine, apoi își trece privirea de la John la Maya și vine spre noi.

— Sunteți aici, cu toții. Ce bine! Am de făcut un anunț!

— Melissa...

— Nu, Derek, e datoria mea. Mai bine să vină de la mine, decât să afle de la altcineva.

Adevărul e că ea ar fi cea mai îndreptățită să poarte discuția asta.

— Ce s-a întâmplat? întreabă John.

— Am ascuns un fapt, destul de important, legat de investigație. Rick Lee, a patra victimă, a fost iubitul meu în trecut. Ne-am întâlnit pentru o perioadă scurtă de timp.

— Și nu e tot, continui eu, încercând să-i dau un impuls pentru a termina confesiunea.

— Cu o zi înainte să fie găsit mort ne-am văzut. Mai mult nu știu. În momentul în care a plecat de lângă mine, era în viață.

Atât Maya, cât și John, rămân perplecși. Mă simt nevoit să preiau discuția, pentru a nu deraia în ceva ce ne-ar face pe toți să ne simțim și mai stânjenitor. Melissa mă privește straniu și îi citesc în ochi teama, însă nu o pot ajuta cu nimic. Nu cred ca aș fi putut nici dacă mi-ar fi spus mie prima dată. Când este vorba despre o anchetă, oricine este suspect.

Ușa unui birou se deschide și Jess, colegul însărcinat cu descifrarea mesajului de pe foile găsite la locul crimei, apare cu un plic din plastic. Se apropie de mine și spune:

— Văd că aveți o ședință de echipă. Vreau doar să îți înmânez hârtia găsită la a doua crimă. Prima nu mai durează mult. Curând, o vei avea și pe aceea.

— Mulțumesc. Ai reușit să extragi vreo informație de pe ea?

— Nu există nicio amprentă. Am extras literele să le pot compara cu primul bilet, pentru a verifica autenticitatea celor două.

— Mulțumesc, Jess.

Iau foaia și citesc cu voce tare, încât să mă audă toți:

Nu prea faci față la locul crimei, din câte observ, domnule detectiv. Dar nu-ți face probleme. În timp, o să te obișnuiești. Vei deveni imun. Acum, spune-mi, de ce ți-e frică cel mai tare? De asta nu vei scăpa.

Hai, joacă-te cu mine!

Ne auzim curând!

— A fost prezent în tot timpul ăsta, spune Maya.

— Doar se joacă. E un joc bolnav.

— La naiba, adaug, trebuie neapărat să aflăm ce a scris în prima foaie. De ce durează atât de mult?

— Au tot primit probe pe care trebuiau să le verifice și au prioritizat probabil cum nu trebuia.

Las hârtia pe masă și încerc cât de mult pot să-mi coordonez respirația. Melissa vine spre mine și, cu vocea stinsă, semn că încă se simte vinovată, mă întreabă:

— E ceva ce pot face?

Sunt nervos și nu mă poate ajuta. La ora actuală, ea doar mă enervează. Nu se poartă deloc profesionist. Un director nu arată compasiune, ci îi motivează pe ceilalți. Ne împinge de la spate, insistă să fie totul rezolvat. Nu am nevoie acum de mila ei sau de înțelegere. Trebuie doar un imbold sau o idee. Asta ar ajuta cu adevărat.

O ignor, îmi iau lucrurile și plec spre casă.

Încep să am mustrări de conștiință pentru că, din nou, ajung târziu. Intru și o găsesc pe Claire la masa din bucătărie, sorbind din ceai.

— Hei, ești încă trează, zic, prefăcându-mă cât se poate de încântat.

— Te-am așteptat. Voiam să vorbesc cu tine.

— Și eu.

— Eu prima. Îmi pare foarte rău pentru aseară. Reacția mea a fost necontrolată. Iar când ai început tu să mă judeci, am luat foc.

— Înțeleg. Și eu regret. Haide să trecem peste.

— Sunt sigură că, dacă vom fi puțin mai toleranți unul cu celălalt, totul va fi bine, zice ea.

— Ce lipsește este înțelegerea, Claire. Oricât de mult aș vrea să petrec mai mult timp acasă împreună cu tine, sunt zile când nu pot. Cum sunt astea.

— Știu. Ai dreptate. Vrei și tu un ceai?

— Da, nu ar strica. Chiar vreau să dorm în noaptea asta, sunt frânt.

Îmi pregătește băutura fierbinte cu aromă de grefe, apoi merg să fac un duș și mă arunc în pat. Tot ce vreau este să am o noapte liniștită, în care să nu se întâmple nimic.

În jurul orei două dimineața, vibrația telefonului mă trezește. Mă ridic buimac, încercând să-mi dau seama ce se petrece. Pe ecran apare numele Melissei. Îmi ia câteva secunde să mă gândesc dacă să răspund sau nu. Până să ajung la o concluzie, apelul se sfârșește. Mă bag din nou în pat, dar îl aud din nou bâzâind. Ies pe hol, pentru a avea puțină intimitate.

— Da, spun pe jumătate adormit.

Îmi șoptește ceva cu o voce ciudată, aș zice panicată chiar. Mă trezesc instant din somnolență.

— *Vino, repede! Cred că e cineva în casa mea.*

— Ok, sunt pe drum, spun instant. Ai arma la tine?

— *Nu. E jos închisă în seif. Grăbește-te!*

Închid și mă întorc în viteză în cameră, fără să mai țin cont de faptul că soția mea doarme. Mă îmbrac și plec.

Conduc ca un bezmetic și ajung la ea în mai puțin de șapte minute.

Merg spre intrarea din față, uitându-mă în toate direcțiile. Nu e nimeni în jur. Văd lumina aprinsă la etaj. Verific încuietoarea și constat că ușa e descuiată.

— Melissa, ești aici? Sunt Derek.

Nu aud nimic. Intru-n bucătărie și aprind lumina. Urc scările și continui să-mi țin respirația în frâu. Verific fiecare cotlon al casei.

În continuare liniște. O stare de agitație pune stăpânire pe mine. Mă întreb de ce nu răspunde, doar i-am zis că vin. Asta numai dacă...

Îmi las gândul neterminat, văzând ușa dormitorului ei crăpată și lumină slabă înăuntru.

— Hei, unde ești?

La câteva secunde distanță, un văitat ușor se strecoară până la mine. Intru și o văd căzută la podea. Înainte să verific ce s-a întâmplat, cercetez întreaga cameră, pentru a mă asigura, apoi îmi pun pistolul în teacă și mă așez lângă ea.

— Ce s-a întâmplat? Ești bine?

— Cineva... a fost... e aici!

— Nu e nimeni. Am verificat. Te poți ridica?

— Ba e!

— Melissa, sunt doar eu cu tine. Ești în siguranță acum. Haide, ridică-te.

O ajut să se așeze pe pat, aprind lumina, îi dau un pahar cu apă și mă așez lângă ea, așteptând să-și revină.

— Îmi poți spune ce ai pățit?

O văd înghițind în sec. Are buzele uscate. Îi ating obrazul, cu intenția de a o liniști.

— Cineva a fost aici, Derek.

— Te cred. Dar acum nu mai este! Ce s-a întâmplat?

— Nu știu sigur. Stăteam în pat și citeam o carte, când am auzit ceva jos. M-am ridicat și am văzut lumina în bucătărie aprinsă. Știam sigur că nu o lăsasem eu. În momentul în care am vrut să cobor, am auzit pași, atât de clar, de parcă cineva purta bocanci. Erau apăsați și grei, reali. Nu am visat, dacă asta îți trece prin cap.

— Mă cunoști de atâta timp. Știi prea bine că nu gândesc așa. Continuă.

— Apoi, am întrebat dacă e cineva jos. Am strigat chiar, iar pașii imediat s-au oprit. Am înaintat în direcția sunetului și am auzit ceva spărgându-se. Cineva era acolo. Mi-am amintit că arma era jos, în seif, dar nu aveam cum să ajung.

— Ai văzut pe cineva?

— Nu. Asta îți spun, doar am auzit. Apoi am simțit un val rece din spate, iar până să mă întorc, ceva m-a lovit în ceafă. Și m-am trezit sus, fără să-mi amintesc nici măcar cum am ajuns acolo.

— Ai apucat să vezi cine te-a lovit?

— Nu, dar doare ca dracu, zice punându-și mâna la rană.

— Și cum ai reușit să mă suni?

— Imediat cum m-am trezit și am realizat ce se întâmplă. Dar ce sunt cu întrebările astea?

— Încerc să găsesc un sens în ce spui, nimic altceva.

Sunt confuz. Oricât aș vrea să o cred, povestea asta pare trasă de păr. Totul se întâmplă la o zi după ce fostul ei partener a fost găsit mort și la câteva ore distanță are loc toată nebunia asta.

— Când am venit, ușa de la intrare era descuiată.

— Știi bine că încui mereu, chiar dacă stau și câteva minute acasă.

— Mai are cineva cheia de la casa ta?

— Nu. Cine să o aibă?

— Ok, nu-ți face probleme. Voi chema o echipă să vină să caute amprente, să verifice și împrejurimile. Între timp, trebuie să mergi la spital.

— Nu am de ce.

— Ba sigur că ai. Ți-ai pierdut cunoștința și nici nu știi ce s-a întâmplat cu tine în ultima jumătate de oră. Haide, îmbracă-te! Mergem împreună.

Ies din cameră, pentru a-i oferi intimitate. Mă mai uit o dată în toată casa, sperând că poate am ratat ceva. Îl apelez pe John, să fie de față când ajung cei de la laborator.

— Scuze, știu că dormi, însă am nevoie de tine.

— *Sigur. Spune.*

— Vino cu o echipă la casa Melissei. Se petrec niște lucruri ciudate.

Închei conversația și la scurt timp coboară și ea. O ajut să intre-n mașină și conduc spre spital.

Mi s-a părut că a tremurat tot drumul lângă mine până la destinație.

O acompaniez până la sala de așteptare și o las pe mâna unui doctor.

CAPITOLUL 11

Încă o noapte în care somnul nu s-a lipit de mine. Încă o dimineață în care arăt, după cum ar spune unii, „ca un zombi”.

Aș da orice pentru câteva ore de somn. În felul în care mă simt, mi-ar trebui un concediu.

Mă dau jos din pat și oasele îmi trosnesc. Mă îmbrac în trening și, așa răvășit cum mă simt, ies la alergat. Poate aerul rece mă va trezi, deși mă îndoiesc. Cred că nici dacă m-aș afla la Polul Sud în momentul de față nu cred ca m-ar ajuta.

***

Cum ajung la muncă, mă îndrept glonț spre biroul Melissei.

— Bună dimineața! zice ea zărindu-mă în prag. Intră.

— Cum ești?

— Nu așa cum am crezut c-aș fi. Nu știu ce s-a întâmplat cu mine. Aseară parcă n-am fost eu. Sunt mai puternică de atât.

Cred că nu există un răspuns corect la afirmația ei. Fac un semn subtil din cap, pentru a nu genera speculații. Am și așa destule de gestionat.

— Ți-ai mai adus aminte ceva?

— Ți-am spus tot ce știu.

— Ce-ai zice dacă ți-ai face niște analize de sânge? Poate nu e prea târziu pentru a verifica dacă ai fost sau nu drogată. Unele narcotice rămân în corp chiar și patruzeci și opt de ore.

— N-ar fi o idee rea. Te țin la curent.

Mă-ntorc la birou, m-așez pe scaun și mă holbez sictirit la toată hârțogăria din fața mea. Nici nu știu cu ce să încep.

— Am verificat casa șefei și n-am găsit nimic, spune John din prag.

— Asta e tare ciudat.

După ceva vreme în care nu am reușit mare brânză, îmi iau un ceai și mă duc la James. Dimineața asta va începe diferit: din morgă.

Îl găsesc uitându-se pe un site de concedii.

— Planifici o excursie? întreb apropiindu-mă de el.

— Derek, nu mă așteptam la o vizită atât de matinală. Da, iau în calcul o vacanță departe de toată nebunia asta.

— La munte? mă interesez, uitându-mă la pozele de pe monitor.

— Oriunde cred că e mai bine decât aici. Ia zi, cu ce te pot ajuta?

Mă rezem cu spatele de una dintre mesele din metal, pe care doar cu puține ore în urmă se afla un cadavru rece și îmbălsămat, apoi spun:

— Nici nu știu cu ce să încep. Cazul ăsta, Claire, Melissa, lipsa de somn! Simt că înnebunesc, James.

— Ok, haide să o luăm treptat. Care e treaba cu nevastă-ta?

— Certuri, neajunsuri, reproșuri la orice oră din zi și din noapte. Câteodată aș vrea pur și simplu să nu mă mai duc acasă și să dorm aici pe jos. Cred că ar fi mult mai liniștitor decât treizeci de minute lângă ea.

— Știi ce zic? Dă-te doi pași în lateral și privește problema cu alți ochi. Te cunosc atât pe tine, cât și pe Claire. Mereu te-ai plâns de ea, dar chiar așa e? Atât de imposibilă să fie? Sau pur și simplu îi cauți nod în papură din orice? Ea doar își dorește un soț care să îi ofere atenție, iubire, prezență chiar. Nu are sens clasica întrebare „ai încercat să vorbești cu ea?”, însă, dacă te simți atât de mizerabil și cu siguranță și ea, de ce nu vă despărțiți? Sau cel puțin să faceți o pauză, să vă limpeziți sentimentele.

— Cred că o gândim amândoi, dar nu avem curajul să facem asta. În fine, să vorbim despre lucruri mai importante. Cazul ăsta, James. Nu ajung nicăieri cu el.

— Am o teorie, dar vreau să o păstrez pentru când chiar nu mai ai nicio idee. Acum pare că ai câteva.

— Mă îndoiesc.

— Să recapitulăm ce avem și ce ne mai trebuie.

— Ok. Patru crime până acum. Nu am găsit nicio legătură între ele. Singurul lucru la care m-am gândit, trei victime, apropiate de vârstă. Una dintre ele a fost iubitul Melissei. Am aflat ieri. Mai sunt șase oameni dispăruți în aceeași zi cu bătrânul găsit mort.

— Ce vârste au?

— Între patruzeci și patruzeci și cinci de ani.

— Bun. Unde locuiesc?

— Ăsta e încă un aspect înfricoșător. Toți stau în cartierul meu.

— Hmm, ce altceva?

— Cred că, oricine ar fi criminalul, mă cunoaște. Mă simt oarecum vizat. Cadavrele sunt abandonate în zona în care eu ies la alergat. Mereu mi-am menținut același traseu.

— Și tu crezi că ar avea legătură cu tine?

— M-am gândit la asta, însă nici măcar nu i-am văzut vreodată pe acei oameni. M-am tot uitat la pozele lor, nu mi se par cunoscuți deloc. Niciunul dintre ei.

— Care alt motiv ar putea fi?

— Maya a venit cu ideea că poate au legătură cu soția mea, dar mă îndoiesc.

— Ai întrebat-o?

— Nu, nu încă.

— Poate ar fi bine să o faci, deși nici eu nu cred.

— Mă voi duce la ea la muncă astăzi, în pauza de masă. Dar care e teoria ta? Insist să-mi spui.

— Știi că îmi place lectura. Am vârsta pe care o am, cu care vine și experiența. Ai citit vreodată cartea lui Mary Shelley? Frankenstein?

— Nu, dar știu povestea.

— Ei bine, atunci știi unde vreau să ajung.

— Te gândești că avem de-a face cu un astfel de monstru?

— Monstru e prea mult spus și e mai bine decât să avem de-a face cu Jack Spintecătorul, nu crezi?

— Nu! Ambele sunt la fel de oribile.

— Diferența, totuși, e că una e doar ficțiune, iar cealaltă reală. Sper să greșesc. Dar totul se cam pune cap la cap. Felul în care erau aranjate mă duce cu gândul la asta. Nu ți se pare prea tras de păr? Și ar mai fi ceva. Totul se învârte cam pe la aceeași vârstă.

— Are sens ce spui, dar prefer să nu cred asta, pentru că, dacă ar fi așa, suntem într-un căcat mai mare decât am crezut până acum. Dar de ce oare atacurile la adresa Melissei? Oare au legătură?

— Ar trebui mai întâi să găsești răspuns la întrebarea: de ce Melissa? Apoi să continui cu restul.

— Ce vrei să spui? Simt că ai mai multe de spus, dar te abții.

— Chiar deloc. Melissa a venit mai devreme la mine. Plus că știu și varianta lui John. Mi-am păstrat opinia pentru mine, ascultându-i pe amândoi. Dar, între noi fie vorba, ceva miroase a putred aici. Crezi că se preface Melissa?

— Tu să-mi spui asta! Acum, du-te, că ai ceva de muncă și eu la fel. Nu e timp să stăm toată ziua la taclale.

— Mersi, James. Mai vorbim, bine?

— Oricând. Ușile mele sunt glisante, spune zâmbind.

Mă întorc spre biroul meu, când o zăresc pe Mel urcând spre al ei.

— Ce faci? Te-ai și întors de la medic?

— Hmm, nu. Nu am mai fost. M-am răzgândit pe drum.

— De ce?

— Pentru că acum avem ceva mai important de făcut, decât să umblu prin spitale.

— Dar e...

— Derek, e viața mea. Am spus nu.

Continuă să urce scările, iar la câteva secunde după, o aud trântind ușa. Nu vreau să mă îndoiesc de ea, dar parcă îmi stârnește suspiciuni mai multe.

John era la parter fiind martor la discuția dintre mine și ea. Îi pot citi și lui în privire suspiciunea asupra ei.

— Am informațiile pe care mi le-ai cerut de la familia Ily. Nu am putut găsi numele amantei și nici locațiile frecventate.

— Dar cu agentul care supraveghează casa?

— Nimic ieșit din comun nu s-a întâmplat de când e acolo.

— Spune-i să abandoneze. Am aflat despre ce e vorba.

— Altceva?

— Bine că întrebi. Ceea ce vreau să te rog acum trebuie să rămână strict între noi doi.

— Vrei să o urmăresc pe șefa?

— Cum ai...?

— Pentru că-i cel mai firesc lucru în momentele astea. Eu nu cred un cuvânt din tot ce-a spus. Am senzația că ne minte.

— Atunci mă bazez pe tine. Ai grijă să nu fii prins. Maya, plec puțin. Dacă aveți nevoie de mine, mă sunați. Și cineva să o aducă pe soția lui Rick aici.

— Pe bune? întreabă Maya.

— Ți se pare că glumesc?

Înainte să plec spre serviciul lui Claire, mă opresc la magazinul de la colț și iau la pachet două meniuri de mâncare chinezească.

Când intru în clădirea ei, recepționera mă vede și mă salută zâmbind. Intru în lift, apăs pe buton și aștept ca ușile să se deschidă. Fac dreapta, unde dau de secretara soției mele, o femeie tânără, care întotdeauna a avut o afinitate pentru mine.

— Bună! Ce faci? Nu te-am mai văzut de mult.

— Domnule Smith, sunt bine, mulțumesc. Dumneavoastră? întreabă roșind.

— La fel și eu. Am venit s-o văd pe Claire. E în birou?

— Hmm, păi... Știți că...

— Susan, ce se întâmplă?

Când cineva se fofilează miroase a minciună, iar eu simt treburile astea de la o poștă.

— Știți, domnule, este într-o ședință din care nu poate fi deranjată.

— În birou?

— Nu, spune după o pauză stânjenitoare.

Renunț să mai pun presiune pe biata fată. Pe de-o parte, o înțeleg. Este locul ei de muncă la mijloc. Scot telefonul din buzunar și o sun.

— Bună! Te deranjez?

— Derek, ce e cu tine de mă suni la ora asta? S-a întâmplat ceva?

— Nu, totul e în regulă. Poți vorbi?

— Da, nicio problemă. Sunt în birou. Îmi ocup timpul.

— Înțeleg. Eu mă pregăteam să merg să mănânc ceva.

— Oh, cât este ceasul! Nici n-am observat. Mă duc și eu la masă.

— Bine, atunci. Serviciu ușor! Ne vedem acasă, zic închizând telefonul și privind-o pe secretară cum își freacă nervos mâinile.

— Mi-a spus că e-n birou. Unde e de fapt? întreb cu vocea apăsată.

— Știți, nu vreau să... Adică nu e treaba mea.

— Înțeleg că este șefa ta, dar e soția mea. Spune-mi unde este!

— Vă rog să nu-i ziceți. Mi-aș pierde jobul.

— Nu voi face asta.

— E plecată, dar nu știu unde. Sincer vă spun.

— Pleacă des așa?

— Nu știu.

— Sigur nu știi?

— Nu-mi spune. Am întrebat-o o singură dată, însă mi-a zis să nu mă bag mai mult decât e stipulat în contractul de muncă.

— În regulă. Atunci nu-i spune că am fost azi aici. Bine?

Sunt nervos în clipa asta și poate că nu a sunat prea bine felul în care i-am vorbit. Totodată, sunt dezamăgit, dar nu știu de ce, mă simt și ușurat. Părăsesc clădirea și mă urc în mașină. Tot drumul până la serviciu mă străduiesc să mă descotorosesc de sentimentele negative. Cel mai rău doare când alege să mintă.

— Spuneți-mi că aveți ceva, le zic din crăpătura ușii colegilor din echipa mea.

— Doar o ipoteză, răspunde John.

— Și o remarcă, intervine Maya.

— Dați-i drumul!

— Dacă ar exista un loc pe care să-l fi frecventat toate aceste persoane, am putea pleca din punctul ăla, spune John. Cumva trebuie să fie o legătură între toți acești oameni.

— James a venit la mine cu o altă ipoteză, puțin cam excentrică.

— Care?

— Frankenstein. El zice că avem de-a face cu un astfel de om. Strânge cadavre pentru a recrea un altul, din bucăți.

— Tu iei de bună asta?

— La ora actuală, tind să cred orice și nimic nu mă mai uimește.

— Apropo, soția lui Rick, este în sala de interogatoriu și, te avertizez de pe acum, este foarte nervoasă pentru că am adus-o aici. Ne-a amenințat în repetate rânduri că își va suna avocatul.

— Și a făcut asta?

— Nu, nu a venit nimeni.

— Câinele care latră nu mușcă, cel puțin așa se spune.

— Dar ce părere ai despre Melissa și Rick? Nu crezi că este ceva în spatele acelei povești? Când cineva minte înseamnă că ceea ce ascunde e prea dureros sau incriminatoriu să fie scos la lumină.

Involuntar, gândul mă duce la Claire. Mă simt umilit. E prima dată, după mult timp, când abia aștept să ajung acasă.

— Haide să o lăsăm pe Melissa afară din povestea asta, cel puțin pe moment. Voi doi lucrați la ideea de mai devreme, cea cu elementul comun. Eu merg în sala de interogare.

Frumusețea femeii din fața mea e greu de ignorat. Părul blond îi acoperă umerii goi, ochii mari și verzi mă privesc nervoși și mă studiază de sus până jos. Stă picior peste picior, calmă, și așteaptă să vorbesc.

— Îmi pare foarte rău pentru pierderea dumneavoastră!

— Mulțumesc, spune cu aparentă indiferență.

— Ne putem tutui? întreb, primind confirmarea cu o clătinare a capului, apoi continui. Nu am cum să nu observ răceala din vocea ta, ca și cum nici nu ți-ar păsa că ești văduvă.

— Un singur lucru regret: că nu am aflat înainte să moară ce fel de nemernic era. Pentru că, dacă știam, murea de mâna mea, nu de a unui străin.

— La ce te referi? întreb, deși deja cunosc direcția povestirii ei și foarte puțin din mine încă speră să nu fie adevărat.

— Ce îi lipsea la mine? Ce?

Încep să-mi dau seama că aici este vorba mai mult de orgoliu feminin, decât de acțiunea în sine.

— Prăpăditul era cu altă femeie. Am aflat mult prea târziu, că dacă știam..., face o scurtă pauză, apoi continuă. Dacă știam îl omoram cu propriile-mi mâini.

Sunt confuz. Vorbește despre ea sau despre mine și Claire?

— Cum ai aflat? Dacă-mi permiți să întreb...

Scotocește în geantă, iar după câteva secunde, scoate o hârtie pe masă.

— Am primit asta de dimineață. Nu cred că a venit prin poștă, pentru că nu am găsit-o în plic. Totul apoi a început să capete sens în mintea mea, plecările și răceala lui, zice el, înmânându-mi biletul.

Desfac foaia și încep să citesc:

Orice început are și-un sfârșit, inclusiv trădarea. El nu te-a meritat niciodată.

Doar s-a jucat cu tine.

— Revin în câteva minute. Îmi cer scuze, zic părăsind încăperea.

În fața ochilor se derulează încontinuu cuvintele: *Doar s-a jucat cu tine.*

Alerg pe hol cu scrisoarea în mână, până la biroul meu, unde John și Maya mă așteaptă cu niște fețe foarte serioase.

— Derek, nu vrem să te deranjăm, dar...

— Nu v-ați săturat de vești proaste?

— Avem prima scrisoare pe care am găsit-o la locul crimei. E o copie pe masa ta.

Iau foaia și încep să citesc.

CAPITOLUL 12

Marea ta întrebare este cine sunt eu, dar vei avea destul de mult timp la dispoziție pentru a-mi descoperi identitatea.

Dacă citești aceste rânduri, înseamnă că echipa ta e mai bună decât am crezut.

Lăsând asta la o parte, spune-mi, domnule Smith, cum reușești să pui capul pe pernă în fiecare noapte, gândindu-te că eu sunt undeva în lume, liber, jucându-mă cu mintea ta? Pentru tine o fac.

Ce-mi dă încredere e că jocul te va face să regreți.

— Dacă nu eram chiar sigur că eu sunt în vizorul criminalului, acum știu.

— Ucide pentru tine? Pentru ca tu să fii mândru de el, oricine ar fi el?

— Asta nu-i tot. Uitați, spun, ridicând al doilea bilet în aer.

După ce amândoi îl citesc, se uită lung la mine și John zice:

— Nici nu are sens să mai întreb, este scris tot de el, nu?

— Cu siguranță. Asta a spus și în biletul pe care l-am citit mai devreme. Ce dracu' vrea să însemne? De ce eu? Unde ni s-au intersectat viețile?

— Nu mai înțeleg nimic, spune John.

— Permite-mi să mă uit, zice Melissa, apărând de nicăieri în spatele meu.

Ia ambele hârtii și le pune una lângă alta. Le citește de mai multe ori, după cum i se joacă ochii de sus până jos.

— Monstrul ăsta știe ce vrea.

— Ce?

— Pe tine, Derek!

— Dar nu înțelegeți că eu nici nu-i cunosc pe cei care au murit sau pe cei dispăruți? Dacă i s-a pus pata pe mine, trebuie să fie cu un motiv sau măcar să am legătură cu vreunul.

— Te pune la încercare. Se joacă cu tine, zice Melissa.

— Omoară oameni nevinovați, o completează Maya. Ce fel de joacă sadică mai e și asta?

— Eu doar fac speculații.

— Este inteligent, prea inteligent aș putea spune. Nu a lăsat nicio amprentă, nimic care să te ducă la el.

— Exact. Știi, ar putea prea bine ca acești oameni pe care-i omoară să nu aibă nicio legătură cu tine. Însă ce cred cu desăvârșire este că se joacă cu tine, iar dacă vrei să-l prinzi, trebuie să-i faci jocul.

— Cum să fac asta, fără ca el să continue să ucidă? întreb.

— Dacă aveam răspunsul la întrebarea asta, îl și prindeam până acum. Însă, de curiozitate, de unde ați venit cu ideea asta că este un „el"? Poate este o „ea", aruncă Melissa bomba.

— Așa e, nu-i exclus, spun ca și cum aș fi primit o palmă peste ceafă. De ce am tras concluzia că ar fi un bărbat?

Se uită unul la altul, încercând să găsească o explicație, apoi rămân ca imortalizați în moment. Nu știm niciunul de unde această concluzie pripită.

— La dracu', zic lovind cu piciorul în coșul de gunoi și făcându-l să se oprească în biroul alăturat cu un zgomot puternic.

— Cred că ar trebui să reluăm cazul, zice Maya.

— Nu avem timp. E cu zece mișcări în fața noastră și nu ne permitem să ratăm, să presupunem sau bănuim. Trebuie făcut ceva! Acum!

— Din câte văd, te urmărește. iar asta înseamnă că este cineva pe care-l cunoști, spune Melissa.

— Poate că a fost chiar prezent în parc, așteptând să-ți vadă reacția când îi vei descoperi ororile.

— Sper să fie o cameră de supraveghere în zona aia, spun oripilat.

— Nu este, am verificat, zice Maya aproape șoptind.

— Ar fi fost o greșeală prea mare pentru el și nu și-ar fi permis-o.

Astăzi este o zi devorată de conversație, de cuvinte pline de durere și regret. Brusc, mă gândesc la ziua în care m-am născut, nu știu de ce, prin ce minune, gândurile mi-au zburat atât de departe. Mi-e dor de părinți, de copilărie, de zâmbetele și lipsa de griji, de îmbrățișarea mamei și cornulețele ei cu gem.

Când m-am făcut un băiețandru capabil să ia propriile decizii, să-și asume responsabilități, mi-am anunțat părinții că voiam să devin polițist. Niciunul nu a acceptat la început, dar nu am renunțat. Negativismul lor m-a determinat să merg mai departe. Știam ce-mi doream și voiam să salvez lumea de monștrii ascunși sub pat. Din păcate, în viața reală, de cele mai multe ori prindeam criminalul după ce își ispășea nebunia. Ca și-n cazul de față.

Acest om cere atenția mea. Doar a mea. Orice criminal, oricât de inteligent sau experimentat ar fi, trebuie să calce strâmb, iar atunci voi fi acolo, suflându-i în ceafă.

CAPITOLUL 13

În sfârșit am ajuns acasă devreme, așa cum mi-am propus.

Claire este în bucătărie. Mirosul de mâncare mă duce cu gândul că s-ar simți vinovată sau c-ar vrea să afle de la mine cât anume știu. Mă întreb dacă secretara i-a spus ceva despre vizita mea de astăzi.

Când mă vede, mi se aruncă în brațe și mă sărută. Nu e ceva ce ar face de obicei. Dacă nici ăsta nu-i semn de vinovăție, atunci care ar putea fi?

O privesc în ochi și încerc să-mi amintesc de noi, de momentele plăcute dintre noi și să-mi dau seama cât de mult se preface. O invit să ia loc pe scaun. Nu mai pot amâna discuția prea mult, pentru că simt cum fierb.

— Trebuie să vorbim, spun pe un ton apăsat, iar ea pare să observe că sunt serios.

— S-a întâmplat ceva?

— Da. Astăzi am vrut să te surprind și am venit la tine la birou. Nu erai acolo.

— Probabil eram în vreo ședință sau ceva.

— Te-am sunat, Claire, și mi-ai spus că erai în birou.

Își lasă privirea în pământ și se ridică de pe scaun, de parcă ar fi cu încetinitorul. Își sprijină greutatea corpului în mâini de blatul mesei, iar în postura ei citesc doar vina sau resemnarea.

— Derek, e ceva ce trebuie să știi.

— Abia aștept.

— Voiam să-ți spun, dar cred că așteptam momentul oportun.

— Tocmai l-ai găsit.

— Știi că nu ne înțelegem bine de ceva timp. Relația noastră sexuală e la pământ. Ne-am răcit foarte mult. Am cunoscut pe altcineva.

Rămân câteva secunde cu privirea blocată spre ea. Nu îmi vine să cred. Nu sunt capabil să procesez informația.

— Cine e?

— Nu asta este important acum. Ascultă-mă. Înainte să tragi vreo concluzie, trebuie să te gândești la...

— Nu-mi spune tu la ce să mă gândesc. Spune-mi cine e, mă răstesc la ea.

— Îmi pare foarte rău, să știi. Nu a însemnat nimic. A fost o greșeală. Dar nici tu nu ai făcut nimic să ne revenim.

— De cât timp se întâmplă asta?

— Îmi pare rău!

— Răspunde, la dracu'! Spune-mi de cât timp ți-o tragi cu altul? Nu-mi vine să cred. Tu îmi reproșai că nu petrecem timp suficient împreună și câte și mai câte. De când te vedeai cu el?

— De când tu m-ai pus pe ultimul loc.

Furia crește în mine cu fiecare cuvânt pe care-l rostește. Rămân pe scaun de teamă că, dacă m-aș ridica, aș sparge tot ce mi-ar ieși în cale, de teamă că aș lovi-o, iar asta ar încălca toate principiile mele.

— Înțelege! Îmi pare rău! Nu vreau să te pierd.

— Te-am întrebat ceva: de cât timp?

— Cam de-o lună, spune plecându-și din nou capul, apoi începând să plângă.

Regretă sau se preface? Îmi este prea greu să-mi dau seama. Încerc cât pot de mult să mă calmez, pentru că știu că dacă spun ce lucruri îmi trec prin minte acum, voi face mai mult rău, deși merită cu vârf și îndesat. Dar nu mă reprezintă. Chiar dacă e deja prea târziu, vreau să vadă ce a pierdut.

Rămân tăcut pentru câteva momente, apoi continui.

— Nu vreau să te mai văd vreodată. Da, relația noastră nu a fost una minunată, dar eram doi în ea. Claire, aș fi putut și eu să cedez tentației, dar nu am făcut-o, în schimb, tu, da.

— A fost o prostie, știu. Ce pot face să mă ierți?

— Nimic! Nu te pot ierta.

— Derek, te rog, zice cu ochii în lacrimi.

Încearcă să se apropie de mine, dar o refuz, îndepărtându-mă ușor, apoi continui:

— Până la sfârșitul săptămânii, vreau să dispari definitiv din casa mea. Nu mă interesează unde te duci.

Îmi iau geanta cu care am venit și ies din casă.

CAPITOLUL 14

M-am urcat în mașină și am condus, inițial fără scop, până când m-am văzut în fața biroului. Acum, în întreaga clădire, sunt doar eu în cabinetul meu, înconjurat de hârtii și gândindu-mă la tot ceea ce se petrece.

Am stat așa tăcut, minute întregi. Inițial am crezut că o să-mi plâng de milă pentru că soția m-a înșelat, dar mă simt ușurat, liber și conștiința mi-e împăcată. *Oare e greșit că n-am nicio urmă de regret?*

Mă așez mai bine pe scaun și îmi arunc privirea peste documentele din față.

Paul Hulston- șaptezeci de ani, Dave Ily- patruzeci și cinci, Samantha Kelly- patruzeci și trei, Rick Lee- patruzeci și patru ani, Chris Lopez- patruzeci și șase de ani, Charley Foster- patruzeci și patru de ani, Thomas Good- patruzeci și șase, Damian Fisher- patruzeci și cinci de ani, Tim Delwin- patruzeci și patru de ani, Mathew Frazer- patruzeci și trei de ani, Jimmy Ride- patruzeci și patru de ani, iar Elisabeth Mooney patruzeci și șase de ani. Toți acești oameni sunt dispăruți, posibil, morți. Ce au în comun? Ce au în comun? Nu pare să fi urmat un tipar anume. Par a fi aleși aleatoriu sau...

Brusc, îmi dau seama că ceea ce caut se află în fața mea: vârsta. Din asta s-ar putea deduce faptul că acest criminal ar putea avea aceeași vârstă.

Sunt doar două femei: una moartă, iar a doua dispărută. E un criminal invizibil căruia îi place să se joace, așa cum și susține. Depune efort ca totul să fie perfect și nu lasă nicio amprentă sau urme.

Ce nu înțeleg este de ce sunt eu în vizorul lui. Să fi fost într-adevăr pacientul lui Claire?

Mă simt mai concentrat și odihnit ca niciodată, ca și cum aș fi băut câteva doze de energizant. Verific în program fiecare persoană dispărută, foste și actuale relații, caziere și conturi bancare. Trebuie să investighez cât de adânc pot, pentru a ajunge într-un final la un punct în care să știu exact ce e de făcut.

După câteva ore petrecute printre hârtii și concentrat în monitor, ochii mă dor și mă usturără. Verific ceasul și realizez că e patru dimineața. Nu mai are sens să mă duc la hotel acum. În trei ore colegii vor ajunge la birou.

Îmi fac o cafea tare și continui munca. Scot pe o foaie toate informațiile despre cei uciși și dispăruți care mi s-au părut relevante.

Băutura fierbinte are exact efectul opus. Îmi pun picioarele pe birou, cu gândul să închid ochii doar pentru câteva minute.

— Derek, trezește-te!

Tresar când aud vocea lui John suflându-mi în ureche. Deschid ochii buimac, mă uit la ceasul din perete și văd că e trecut de ora opt.

— Ah, la naiba! Am adormit.

— Ai fost aici toată noaptea?

— Da. Cred că asta voi face și în zilele ce vor veni.

— De ce? întreabă surprins. Claire?

— Cum ai putut să ajungi la concluzia asta atât de rapid?

— Pentru că nu ai fi ales niciodată să dormi aici, decât dacă voiai să eviți un scandal cu nevastă-ta.

— Nu știu dacă să râd sau să mi plâng de milă, însă, dacă nu am făcut-o până acum, ce sens are să mai încep.

— Ce s-a întâmplat?

— Ne-am despărțit. Trebuie să contactez un avocat pentru a întocmi actele de divorț.

— Atât de grav? Ce ai făcut?

— Asta este o presupunere greșită. Nu am făcut nimic. Am aflat că mă înșală.

— Claire? Hmm, greu de crezut. Femeia aia se învârte în jurul tău.

— Ei bine, s-a învârtit în jurul altuia.

— E de înțeles, în situația ei.

— Ce vrei să spui? îl întreb.

— Omule, te înțeleg și pe tine, dar pune-te-n locul ei. Ești absent, iar când nu, vă certați. O fi ea pisăloagă sau ce defecte o mai avea, dar te iubește și ar face orice pentru a-ți atrage atenția. Cât despre tine, tu știi adevărul.

— Cât de nenorocit ești!

— Știi și câtă dreptate am, continuă el râzând. Ia zi, ceva noutăți? Apropo, diseară vii să dormi la noi. Și nu accept să mă refuzi.

— Chiar nu vreau să deranjez, John.

— Discuție încheiată, zice el.

— Mulțumesc! Cred că am aflat ceva. Nu am terminat, pentru că m-a furat somnul.

Îi povestesc despre bănuielile mele, apoi zic:

— Și ar mai fi ceva ce cred că ar trebui să facem, dar să rămână între noi. Înainte de toate, spune-mi ceva picant în legătură cu Melissa? Nu te-a observat, nu? îl întreb.

— Nu. Viața ei e la fel de plictisitoare ca a ta. După muncă se duce direct acasă și nu mai iese. Acum zi tu, care e pasul doi?

— E legat tot de ea.

— Tu chiar vrei să rămânem fără loc de muncă?

— Depinde de cât de buni suntem.

— Sau cât de repede vom fi prinși. Ce să mai, mă bag. Deși presimt că voi regreta asta!

— Așa te vreau! Trebuie să cauți numerele astea în telefonul ei, spun, punând pe biroul lui o listă lungă. Te poți duce în urmă cu patru luni, pe acolo.

— Adică zici să-i verific trecutul și să intru în telefonul ei personal? Ești sigur că vrei să mergi pe calea asta?

— Da. Cât de repede poți afla?

— Dă-mi, te rog, măcar până la sfârșitul zilei. Ale cui sunt numerele?

— Aici e mai complicat. Nu pot trece peste faptul că m-a mințit. Și după ultima convorbire pe care am avut-o cu ea legată de Rick, am senzația că îmi ascunde mai multe. Ah, la dracu, am și uitat că soția lui era în sala de interogatoriu.

— Stai liniștit, a rezolvat Maya cu ea. Și tu crezi că știe mai multe despre restul victimelor?

— Sper că nu, de-asta te pun pe tine să cauți, să-mi scot ideea asta din cap.

— Într-un fel, ca directoare e ok, dar fiecare cu treaba lui, știi tu cum se spune. Asta e tot?

Rămân câteva secunde în tăcere, nefiind sigur dacă să îi spun sau nu:

— Trebuie adoptată aceeași strategie și cu Claire.

— Adică?

— Va trebui să fii pe urmele ei. Cum ai spus și tu, ar face orice să-mi atragă atenția. Acum, sper totuși să aibă și o limită. Ceva nu-mi dă liniște în privința ei.

— Femeile astea două ți-au dat viața peste cap.

— Așa e. Apropo, unde e Maya?

— Urmărește o pistă. Cred că-i la familia Ily.

Îl las pe John să se ocupe de ce l-am rugat, iar eu îmi continui investigația.

Ceva îmi atrage atenția. Un bărbat mic de statură apare în secție și se postează în fața biroului meu. Îmi întinde un plic, apoi spune total degajat:

— Domnul Derek, nu?

— Da, răspund.

— Ăsta este pentru dumneavoastră. Am fost rugat să vi-l predau personal.

— De la cine e?

— De la o femeie. Nu știu mai multe. M-a oprit pe stradă, mi-a dat cincizeci de lire și mi-a spus să vă dau acest plic.

Îl deschid, iar înăuntru e un bilet. Instant, un fior rece mă trece pe șira spinării.

Domnule detectiv, te distrezi de minune căutând acul în carul cu fân? Fără să-ți dai seama, ne jucăm de-a v-ați ascunselea. Tot ce trebuie să faci e să mă găsești. Abia atunci jocul se termină. Trebuie să admit că îmi place să văd cât de multă importanță îmi oferi, bu chiar mai multă ca-n realitate.

— Spune-mi ce femeie! mă răstesc, înfigându-mi mâna în cămașa lui.

— Nu știu, apucă el să răspundă și abia acum realizez că e doar un puștan și că s-a speriat atât de rău, încât îi tremură toată carnea pe el.

— Derek, potolește-te, nu știe nimic!

Îl eliberez, rușinat de ieșirea mea. Mă așez pe scaun și cu vocea calmă mă adresez lui:

— Îmi pare rău, am crezut că...

— Ești dus, nene. Nici nu o cunosc.

— O poți descrie?

— Da, dar nu am văzut-o foarte bine. Avea un palton lung gri sau negru, oricum, închis la culoare, purta o pălărie d-aia la modă. M-a oprit, mi-a întins banii și mi-a spus că tot ce aveam de făcut era să vă înmânez plicul.

— Ce voce avea? întreabă John.

— Era, hmm, ca orice voce de femeie. Nu știu. Nu am crezut că este atât de important, poate i-aș fi acordat mai multă atenție. Nu se prea întâmplă ca cineva să te oprească din senin pe stradă și să te pună să faci doar atâta lucru, deci nu aveam cum să refuz. Îmi pare rău. Pot pleca acum?

— Era blondă, brunetă, păr scurt, lung?

— Deci, eu mergeam liniștit cu căștile pe urechi, când cineva mă trage de umăr. Pentru o secundă ridic privirea spre fața persoanei, apoi văd că îmi întinde ceva și-mi spune ce să fac. Avea fața acoperită din poziția aia. Mi-am dat seama că era femeie doar după voce. Mai știu doar că purta mânuși elegante, dar nimic mai mult. Nici măcar nu am oferit importanță detaliilor.

— Uite, asta e cartea mea de vizită. Dacă îți mai amintești ceva, sună-mă imediat.

— Bine, zice el, luând-o și deja începând să se îndepărteze precaut de mine.

Abia după ce iese din birou, John îmi spune:

— Ai întrecut limita. Fii fericit că nu era și Melissa prin preajmă, pentru că dădeai de dracu' dacă îți vedea reacția. Parcă erai nebun. Ce se întâmplă cu tine? Ai luat-o razna.

— Știu. N-am vrut să mă port așa.

— Cazul ăsta te bagă în mormânt. Te-ai atașat prea mult de el, aș spune chiar că îl iei personal. E nevoie să-mi fac griji?

— Nu, nu... totul e-n regulă. Probabil că s-au adunat prea multe și am clacat.

La numai câteva minute distanță, Maya intră în încăpere, zâmbind triumfător.

— Ai aflat ceva?

— Da. Ar fi bine să mergem într-un loc privat să putem vorbi.

Dau din cap în semn de aprobare și o urmez împreună cu John. Simt cum îmi crește tensiunea cu fiecare pas pe care-l fac. Sunt obosit, iar ochii mă ustură. Am nevoie de cafea, de multă cafea. Nu pot să mă opresc acum. Coborâm la subsol, într-o sală întunecoasă în care depozităm toate dovezile și dosarele cazurilor din trecut.

— Ce ai descoperit? întreb, vizibil panicat.

— Când soția lui Dave Ily mi-a spus că acesta o înșela și nu știa cu cine, nu îmi puteam scoate informația aia din cap, așa că am urmat-o. Din ziua aia, am tot încercat să aflu. I-am intrat în istoricul telefonului, de unde am văzut numerele de telefon cel mai des apelate. Era un număr local, dar prepay, nealocat nimănui, iar asta nu m-a dus prea departe. Mi-a venit ideea să sun. Voi nu știu pe unde umblați, că eram singură în birou. Am apelat de pe numărul meu personal, însă n-a răspuns. Așa că am mai încercat o dată și, din nou, nimic. A treia oară am avut impresia că am auzit un telefon pe undeva în jurul meu. Am crezut că mi se păruse, pentru că eram doar eu. Totuși, mi-am dat seama ce era de fapt. M-am întors la familia Ily și i-am arătat nevestei lui o poză cu o femeie. După câteva secunde, a recunoscut-o.

— Și? Cine era? O știi?

— Cu toții o știm!

CAPITOLUL 15

Auzind numele persoanei ce i-a fost amantă lui Dave, pentru câteva secunde simt cum corpul îmi amorțește.

Nu m-am gândit niciodată că un prieten apropiat, unul pe care ai crezut că îl cunoști, o femeie respectabilă și educată ca Melissa, ar putea să decadă atât de mult. Mă simt dezgustat și trădat. Și asta pentru ca am iubit-o și încă o mai iubesc. Știu că am mai spus-o, dar sunt șocat. Mă doare mai mult să aflu partea asta întunecată a ei, decât ce a făcut nevastă-mea. Chiar atât de prost să fi fost încât să nu observ nimic?

Ea a lucrat ca și detectiv la criminalistică într-o branșă diferită de a mea. Ne-am cunoscut la un caz pe care l-am rezolvat sub acoperire. Jucam rolul unui cuplu care abia se mutase într-o casă nouă și eram proaspăt căsătoriți, pentru a ne împrieteni cu o gașcă de traficanți de droguri și de carne vie. Într-o săptămână, i-am prins până la ultimul, dar perioada aceea ne-a apropiat foarte mult în viața reală. După ce-am rezolvat cazul, am ieșit la un bar pentru a sărbători doar noi doi.

Am fost împreună în jur de un an, până când ea s-a mutat în aceeași secție ca și mine, în funcția de director. N-am mai putut continua relația, pentru că ar fi fost prea multă presiune. A hotărât să ne despărțim. Multă vreme m-am simțit mai mult decât inconfortabil la muncă, ba chiar mi-am luat zile de concediu, tocmai pentru a fi departe de ea.

După o perioadă de chin în care m-am simțit pur și simplu vorbit pe la colțuri, situația s-a mai liniștit. Atunci, am cunoscut-o pe Claire, iar relația mea cu Melissa a devenit doar profesională.

Am crezut în ea din prima clipă și încă nu pot asimila ideea că totul a fost o prefăcătorie. Oare ce să fac? Cum să pot să o interoghez. Mă simt într-un căcat mai adânc decât conștientizam cu câteva ore în urmă.

— Ești sigură, Maya?

— Nici mie nu mi-a venit să cred. Ceva ciudat se întâmplă cu femeia asta. Îmi pare rău, Derek! Știu că voi doi sunteți apropiați, dar, înainte să vin, am verificat asta de zece ori, pentru siguranță.

— Nu știu ce să spun.

— Mai bine, că mai am vești proaste. După cum îmi arată sistemul, cred că toți trei va trebui să ne căutăm de muncă în curând.

— De ce? Ce mai e?

— Doar ghicește cine este numărul comun care a telefonat aproape tuturor victimelor, inclusiv celor dispărute.

— Oh, nu! spune John.

Ceva înăuntrul meu mă doare atât de tare încât simt că nu mai pot respira.

— Nu are cum, spun răgușit. Ești sigură?

— Uită-te și tu, spune și îmi dă un dosar roșu.

Selectat cu galben e numărul Melissei. Frânturi de amintiri îmi revin în minte, combinate cu atât de multe scene și întrebări. Îmi trec mâna peste frunte, ștergându-mi transpirația, și apoi spun:

— Unul dintre voi trebuie să o interogheze.

— Dar cum...

— Tratați-o ca pe un oarecare suspect. Momentan vom ține asta între noi, până când îmi voi da seama ce trebuie făcut.

— Înțelegi că asta ar putea însemna sfârșitul carierei noastre? întreabă John.

— Da, dar suntem toți trei băgați în rahatul ăsta. Totul se îndreaptă spre ea. Melissa Gibbs este suspecta noastră principală.

Îmi susțin capul în mâini și încerc să gândesc limpede, iar colegii părăsesc încăperea.

Rămân câteva minute bune singur în spațiul rece, simțind un nod în gât ce îmi taie respirația. Trag aer în piept de câteva ori și mă duc spre birou. Nu am cum să simulez altceva decât o stare acută de nervozitate ce îmi colcăie în vene, la fel ca apa clocotită. Mă așez la birou și, la scurt timp, Melissa coboară scările însoțită de John și Maya.

Are privirea pierdută și pare că înțelege ce se întâmplă. Nu se împotrivește deloc. Doar se uită la mine și pășește robotic.

Îmi întorc fața și merg teleghidat spre laborator.

— Nu am primit nicio veste legată de seara aia la Melissa acasă. Ați descoperit ceva, Jess?

— Nu, nu chiar. Am găsit urme, într-adevăr, dar nimic concludent. Nicio amprentă.

— Înseamnă că cineva chiar a fost la ea?

— Cu siguranță, dar e o persoană destul de inteligentă. Cu toată tehnologia de care dispunem, nu pot găsi nici măcar o urmă. Nimic la cadavre, nimic în casa ei. Aș spune că e una și aceeași persoană.

Dar dacă ea este cea suspectă acum, asta înseamnă ori că greșesc, ori că totul e atât de bine planificat de ea, inclusiv noaptea aia, încât să pară nevinovată și să nu găsim nimic care să o incrimineze.

Îmi amintesc de ultimul bilet lăsat de criminal, în care îmi sugerează că trebuie să-l găsesc. O să mă-ntorc la Melissa acasă, să verific spațiul.

***

Cheia, de obicei, e ascunsă dedesubtul unuia dintre ghivecele cu flori din grădină. Le ridic pe fiecare pe rând și o găsesc într-un final. Descui ușa, iar primul lucru pe care-l simt e parfumul ei. Ignor amintirile ce îmi dau buzna în cap și încerc să mă concentrez.

Verific toată casa. Încep din bucătărie, unde iau totul la mână, debaraua plină cu lucruri inutile, apoi urc la etaj. Evit să intru prima dată în dormitorul unde mi-am petrecut nopți la rând și aleg camera de oaspeți. Cotrobăi peste tot, dar nimic. Ultima cameră este a ei: deschid sertarele, apoi șifonierul. Deasupra umerașelor pe care sunt așezate frumos cămășile și rochiile, este un alt spațiu de depozitare, cu niște cutii. Le iau pe toate și le așez pe podea, apoi observ o hârtie mototolită în spatele dulapului. Mă înalț pe vârfuri, o iau, o deschid și găsesc un puzzle din cuvinte, sub care este scris un mesaj: *„Joacă-te cu mine!"*.

Oh, Melissa, de ce? Nu înțeleg de ce ai făcut toate astea, mă aud spunând cu voce tare.

După ce termin de verificat din nou totul, plec spre casă. Pe drum, mă întreb dacă nu cumva Claire și-a luat deja tălpășița de acolo, pentru că încă o noapte la birou nu m-ar ajuta în situația în care mă aflu și nu sunt în stare nici să fac față întrebărilor curioase ale lui John și ale soției lui.

CAPITOLUL 16

Telefonul vibrează pe noptieră. Deschid ochii să văd cine sună, deși pleoapele încă îmi sunt grele. E Maya. Răspund, gândindu-mă că este miezul nopții, iar eu abia ce am reușit să adorm.

— Dorm!

— *Acum?*

— Da, spun ironic, tu nu faci asta noaptea?

— *E 10:00. Nu ai apărut la birou și nu știam unde ești.*

— Cât e? întreb, sărind din pat ca ars.

— *Aproape zece dimineața. Ce s-a întâmplat? Tu nu ai întârziat niciodată?*

— Cred că, nu știu, nu am auzit alarma.

— *Ok, deci ești bine. Ne vedem la muncă?*

— Da, da. Ajung în curând.

Nu îmi aduc aminte când a fost ultima dată când m-am odihnit atât de bine. Am dormit efectiv neîntors. Claire nu era aici când am ajuns. Probabil c-a poposit la amantul ei. Să îi fie de bine.

Îmi iau din zbor un baton de cereale, pentru că stomacul mârâie de foame, deși eu nu obișnuiesc să mănânc dimineața. Mă urc în mașină și conduc până la secție.

— Ah, ai ajuns, mă întâmpină Maya încântată.

În spatele ei, stă John, iar lângă el sunt alți doi bărbați care îmi amintesc de cei de la „Men in Black". Foarte serioși și cu mâinile împreunate în față, îmi urmăresc pașii în timp ce mă apropii de ei.

— Cine sunteți? întreb.

— Suntem de la MI5[1]. Avem nevoie să discutăm cu dumneavoastră cât de repede. Între patru ochi.

— Am înțeles. Urmați-mă!

Îi conduc spre o sală acum liberă, apoi le fac semn să ia loc. Niciunul nu s-așază, doar mă scrutează cu privirea. Nu mă las intimidat de atitudinea lor și spun complet relaxat:

— Vă ascult!

— Preluăm noi cazul directoarei voastre, zice bărbatul mai înalt.

Probabil că John și Maya i-au pus la curent. Sunt prea implicat, așa că prefer să nu mă bag în investigația lor.

— Pe timpul anchetei, dumneavoastră va trebui să preluați funcția de director activ, până când îi vom găsi doamnei Gibbs un înlocuitor.

— Asta dacă se adeverește că e vinovată.

— E deja implicată prea mult.

— Nu am cum să-i preiau jobul. Nici nu știu despre ce e vorba.

---

[1] MI5 („Military Intelligence, Section Five"), nume oficial: Security Service, este agenția britanică de contrainformații și securitate internă.

— Nu am venit să vă întrebăm, doar să vă punem la curent. Ați fost delegat să vă ocupați de asta.

— De către cine?

— O zi bună!

Cei doi bărbați ies din cameră fără să mai adauge altceva. Eu rămân aici, sprijinindu-mă de perete. Nu vreau să-i iau postul. Plus că nu sunt pregătit pentru un salt atât de mare. A fi director presupune și puterea de a lua decizii în anumite aspecte ale acestei instituții, iar eu nu sunt deloc bun la asta.

Mă duc spre biroul Melissei, acum al meu. Aici mă așteaptă secretara, o tinerică speriată și de umbra ei. Se uită la mine cu ochii mari, așteptând parcă să i se dea o veste proastă.

Pe ușă, plăcuța cu numele ei a dispărut deja. O deschid și îi fac semn să mă urmeze.

— Mă duc să eliberez biroul meu, domnule.

— Cum adică?

— Am crezut că dacă doamna Gibbs nu mai este în funcție...

— Sunt eu. Și nu am niciun gând să te dau afară. Dar va fi multă muncă pentru tine. După cum bine știi.

— Da, trebuie să-l prindeți. Doamna nu e vinovată. N-ar fi fost niciodată în stare de așa ceva, spune ea pe un ton hotărât.

— Ca să pot să aflu adevărul, trebuie să te ocupi de mai multe lucruri în lipsa mea.

— Da, domnule. Vă voi deranja doar cu treburile importante, care nu sunt de competența mea. Nu vă voi dezamăgi.

— Perfect, atunci vom lucra bine împreună. Te rog, cheamă-i pe John și pe Maya aici.

— Imediat, zice ea părăsind camera împleticit.

Îmi atrage atenția corpul atât de subțire și firav, pe care până acum nu l-am observat. Asta poate pentru că eram însurat.

După câteva secunde, John intră în birou, urmat de Maya. Se uită amândoi în jur, ca și cum ar fi pentru prima oară când intră aici, după care John spune:

— Te-ai ajuns. Ai fost detectiv o perioadă scurtă și acum ești deja director.

— Sunt doar provizoriu. Nimic altceva nu se va schimba între noi. Luați loc și spuneți-mi ce-am pierdut.

— Bănuiesc că ai aflat că Melissa e în arest, spune Maya.

— Da, cei doi bărbați masivi m-au pus la curent. Am și eu ceva să v-arăt. Ieri, înainte s-ajung acasă, am mai trecut o dată pe la ea, să fiu sigur că nu am ratat ceva.

A	O	G	I	L	O	P	R	I	C	E	C	C
L	P	U	W	A	A	T	H	M	E	O	T	B
E	U	V	W	A	A	T	H	M	C	O	T	N
V	T	S	E	V	E	A	U	T	A	I	Y	T
I	G	K	V	T	L	N	H	C	T	U	P	G
R	O	X	S	A	I	N	B	M	E	V	T	H
D	I	L	W	C	A	G	I	P	K	Y	O	D
A	X	H	T	U	U	N	O	D	J	E	P	O
L	I	X	H	N	O	M	P	O	U	D	F	S
O	R	W	U	L	F	I	H	Y	L	W	E	L
Z	U	L	B	V	E	T	I	D	I	M	A	Z
A	M	Y	P	U	L	U	N	U	E	O	I	L
M	X	B	V	G	A	P	O	S	T	S	X	H
A	S	N	U	J	G	O	T	Z	P	I	C	O

— Și?

— Am găsit foaia asta la ea în șifonier, împăturită și ascunsă în spatele unor cutii. Încă nu am avut timp s-o descifrez, însă, după mesajul din josul paginii, e clar adresată nouă, zic, punând foaia pe masă.

— Pare a fi un puzzle. Haide să vedem ce cuvinte ascunde.

Rămânem tăcuți pentru câteva secunde bune, după care, Maya spune:

— Uite, aici e cuvântul „opri” și mai jos „mă”.

— Hai să mai căutăm. Ah, uite, aici scrie „unul” și „ câte”, adaug eu.

— Și, dacă nu mă-nșel, aici scrie „muri”, spune Maya din nou.

— Chiar te pricepi. Mai uită-te. Haide, John, vino și tu cu un cuvânt.

A	O	G	I	L	O	P	R	I	C	E	C	C
L	P	U	W	A	A	T	H	M	E	O	T	B
E	U	V	W	A	A	T	H	M	C	O	T	N
V	T	S	E	V	E	A	U	T	A	I	Y	T
I	G	K	V	T	L	N	H	C	T	U	P	G
R	O	X	S	A	I	N	B	M	E	V	T	H
D	I	L	W	C	A	G	I	P	K	Y	O	D
A	X	H	T	U	U	N	O	D	J	E	P	O
L	I	X	H	N	O	M	P	O	U	D	F	S
O	R	W	U	L	F	I	H	Y	L	W	E	L
Z	U	L	B	V	E	T	I	D	I	M	A	Z
A	M	Y	P	U	L	U	N	U	E	O	I	L
M	X	B	V	G	A	P	O	S	T	S	X	H
A	S	N	U	J	G	O	T	Z	P	I	C	O

— Da, uite, aici e „câte”, „pot” și încă „unul”.

— Hmm, să le așezăm în ordine.

— *„Veți muri unul câte unul. Nu mă pot opri”,* asta spune, adaugă Maya. Ăsta e mesajul.

— Nici nu știu de ce speram la altceva. Perfect, acum suntem și amenințați.

— Oare când spune „unul câte unul” se referă la noi?

— Dar la cine crezi?

— Stați, stați, mai e ceva aici, nu, de fapt mai sunt două chestii. Uite, spune John arătând cu degetul „Juliet Drive".

— Juliet Drive, asta e la câteva străzi distanță de aici.

— Să mergem!

— Tina, spun închizând ușa biroului, sunt plecat pe teren.

— Da, domnule. Nu vă faceți probleme.

Coborâm scările în grabă și, odată afară, îi arunc lui John cheile de la mașină:

— Condu tu. Trebuie să verific exact ce se află acolo.

John urcă la volan, eu în față, iar Maya în spate. Scot telefonul din buzunar și, uitându-mă pe hartă, zic într-un final:

— Am nevoie de o cafea!

— Poftim? întreabă Maya.

— Voi nu? continui sarcastic.

— Nici n-ai idee, spune John zâmbind.

— Ah, uite, sunt două case pe strada Juliet. În una dintre ele se află ceva nasol. Trebuie să le verificam pe amândouă. Maya, mergi cu John la prima casă, iar eu mă duc în cealaltă. Dacă-i liberă, veniți după mine sau invers. Bine?

Ieșim din mașină, după care ne separăm. Îmi scot pistolul din teacă și înaintez spre clădirea din fața mea. Verific ferestrele, apoi, când totul e liber, bat ușor la ușă. Aștept câteva secunde, iar în momentul în care vreau să-mi iau avânt și s-o sparg, o femeie care ține în brațe un cățel la fel de bătrân ca și ea deschide. Nu are nicio putere să mai latre doar se uită pierdut la mine.

— Da? întreabă speriată.

Îmi ascund repede pistolul și mă prezint.

— Bună ziua, doamnă! Sunt detectivul Derek Smith. Voiam să știu dacă totul este în regulă la dumneavoastră.

— Da, de ce să nu fie. S-a întâmplat ceva?

— Nu, nu. Este doar o verificare în acest perimetru.

— Ei, dacă tot faceți asta, duceți-vă și la casa vecină. Sunt certuri mari la ei.

— Ce vreți să spuneți?

— Am văzut un bărbat ieșind de-acolo, probabil soțul, nu știu. Dar înainte ca el să plece, o femeie urla cu toată puterea ei. Iar apoi s-a așternut liniștea, imediat de cum el s-a dus. Spuneți-le să se controleze, nu trebuie să știe toți vecinii când ei se ceartă.

— Un bărbat? Sunteți sigură?

— Nu v-aș putea spune. Ce știu e că era îmbrăcat în negru și avea glugă pe cap. Aveți dreptate, ar fi putut să fie și femeie.

— Altceva ați mai observat?

— Nu, domnule detectiv. Pe el l-am văzut când m-am apropiat de fereastra din bucătărie, pentru că mi-au atras atenția țipetele. În rest nimic. Că nu stau să-i urmăresc pe alții.

— Ok, am înțeles. Sunteți singură?

— Da, acum da.

— Bine. Vă rog intrați în casă și încuiați ușa, zic pe un ton poruncitor, iar femeia pare să mă ia în serios, pentru că aud scrâșnitul yalei în urmă.

Alerg spre clădirea alăturată, unde John vorbește aprins la telefon pe verandă și gesticulează nervos. Ceva grav se petrece.

John mă zărește și se uită la mine cu o privire înghețată. Îmi face semn să intru-n casă. Fără să spună nimic, Maya mă urmează, apoi se sprijină de perete, lăsându-mă să descopăr singur ce urmează.

— Maya, ce se întâmplă? o întreb într-un final.

— Pe asta trebuie să o vezi chiar tu.

Intru temător în camera din față. Pe podea este atât de mult sânge, încât stomacul mi-o ia razna. În centru e o masă înaltă. Ridic privirea și brusc îmi pun mâna la gură, înainte să țip sau poate să vomit. Inima îmi bate isterică, dându-mi dureri în piept. Rămân profund uimit de ceea ce văd, iar creierul nu poate procesa. E un coșmar. O voce imperceptibilă și vlăguită răzbate până la mine:

— Ajută-mă!

Mă apropii de masă, apuc de un colț pânza care o acoperă și care e pătată de sânge pe alocuri, iar atunci o văd. E transpirată toată, iar din gură i-a curs o substanță albă puțin spumoasă. Mă privește cu ochi imploratori și ține mâinile tremurânde întinse spre mine. Înainte să răspund, îndepărtez ușor pânza. E îngrozitor! Pe picioare sunt urme de sânge proaspăt. Are abdomenul tăiat pe jumătate și pielea din acea zonă îndepărtată. Dinăuntru, organele interne reprezintă un spectacol grotesc. Inima abia îi mai bate, iar plămânii acoperiți pe jumătate de cutia toracică sunt la vedere. Intestinul subțire, splina, oasele, mușchii sunt ciopârțiți și venele sunt prinse în pense chirurgicale. Pulsul este foarte slab și culoarea pielii este cadaverică. Totul este expus, iar ea, printr-un miracol, încă trăiește. Brusc, tot stomacul mi se ridică în gât. Îi întâlnesc din nou privirea și o iau de mână ușor, fără să o bruschez, străduindu-mă din răsputeri să spun ceva. E rece, mai ceva ca un om mort. Cu pupilele complet dilatate mă privește insistent. Încearcă să vorbească, dar buzele îi sunt atât de uscate, încât am senzația că pielea i se va crăpa. Mă strânge cu ultimele puteri și reușește să zică:

— Nu mă lăsa să mor...

Închide ochii, scăpând o lacrimă, apoi îmi eliberează mâna. Încă trăiește, dar nu pentru mult timp. Inima îi bate din ce în ce mai greu. Sincer nici nu știu ce-ar fi mai bine pentru ea: să supraviețuiască sau să moară.

Părăsesc încăperea, iar în hol John mă observă și spune:

— Ambulanța va ajunge aici în orice secundă.

— Încercuiți zona! A fost aici de curând, răspund eu.

— Ce vrei să spui?

— La cum arată, nu avea cum să supraviețuiască mai mult de cinci minute. E pur și simplu măcelărită. A fost aici sau încă este. Verificați fiecare casă, fiecare centimetru.

Amândoi își scot telefoanele și cer întăriri de urgență, iar eu, rămân paralizat de ceea ce mi-a fost dat să văd. Nu are nicio șansă să trăiască. Nici măcar un miracol nu ar scăpa-o.

CAPITOLUL 17

John a rămas la spital. Este singura noastră martoră viabilă. Între timp, eu i-am aflat adresa și numele: Larisa Night.

Mă întorc la spital pentru a-l înlocui pe John. Nu vreau să fie lăsată singură nici măcar o secundă. Dacă nenorocitul de criminal știe că a lăsat-o în viață, ar putea veni după ea.

— Ar trebui să te duci acasă, John. Rămân eu aici.

— Nici vorbă. După ce am văzut prin ce a trecut, măcar atât pot face: să fiu lângă ea când se va trezi. Derek, trăim într-o lume în care nu aș vrea să-mi cresc copiii, spune el.

— Înțeleg ce spui. Am tot meditat la ce se întâmplă și, sincer, începe să-mi fie teamă. Gândește-te la restul oamenilor, care sunt în aceeași situație ca și Larisa. N-au nicio șansă, dacă le apare în față un astfel de psihopat. Nu putem să-i salvăm pe toți.

— Dar putem să luăm unul câte unul, apuc să zic.

Văd medicul ieșind din sala de operație și îl asaltez cu întrebări:

— Cum se simte? E-n viață?

— Îmi pare rău, nu s-a mai putut face nimic. A pierdut prea mult sânge, era complet deshidratată și nici nu vreau să menționez halul în care era. Am făcut tot ce ne-a stat în putință, dar a fost prea târziu.

— La dracu, spun stins, era singura noastră șansă.

— Vă mulțumim, preia John. Știți cumva dacă pacienta era conștientă când...

— În sânge i-am găsit o cantitate mică de anestezic, iar în zona cervicală s-a observat urma unei înțepături care presupune existența unei anestezii pe de-a lungul întregii coloane vertebrale.

— Adică a simțit?

— În mică parte, da. Dar mai rău este că a văzut tot ce s-a întâmplat. Oricine a făcut asta, a vrut ca ea să simtă, să vadă și să fie capabilă să vorbească. Tind să cred că a fost vorba despre un experiment în urma căruia ea nu ar fi trebuit să supraviețuiască. Cred că unu la un milion de cazuri ar supraviețui unui asemenea șoc chiar și pentru cele câteva minute.

— Dumnezeule!

— Știți cumva dacă are vreo rudă? Continuă doctorul.

— Mă voi ocupa imediat cum plec de aici.

Așteptarea, stresul și durerea doar gândindu-ne prin ce a trecut, pe toate le resimt acum mai mult ca oricând.

— Du-te acasă! Ai nevoie de odihnă.

— Tu nu vii? întreabă John.

— Ba da, dar mai întâi vreau să-i anunț familia. Voi trece pe la birou prima dată.

— Te însoțesc.

— Pleacă, John! Ai o soție care te așteaptă. Eu nu am pe nimeni. Du-te, ne vedem mâine de dimineață. Află, te rog, în ce stare e Maya.

— Bine. Mă suni dacă ai nevoie de ceva.

Urc scările spre birou cu o oboseală de neînchipuit. Am ochii pe jumătate închiși. Mă gândesc în permanență la acel suflet inocent și prin tot ce a trecut, la cât de mult s-a zbătut, cât de mult își dorea să supraviețuiască.

Deschid calculatorul și încep să caut orice informație legată de ea. După scurt timp, reușesc să îi găsesc rudele apropiate. Locuiește la patruzeci de mile distanță de sediu. Avea treizeci și doi de ani, era căsătorită, dar nu avea copii. Locuia împreună cu soțul ei, nu departe de casa mea.

Deși e două dimineața, mă încumet să-i fac o vizită. Farurile mașinilor care vin din sens opus îmi rănesc ochii, încât îmi lăcrimează, mă ustură și abia îi mai pot ține deschiși. Caut în buzunarul de la ușă o doză de cola, în speranța că mă va mai ține treaz cel puțin o jumătate de oră.

Odată ajuns, ciocănesc de mai multe ori și aștept ca cineva să răspundă. Sunt conștient că e târziu, dar nu mă las bătut. Ciocănesc încă o dată și văd prin geamul ușii cum lumina de pe hol se aprinde, iar un bărbat coboară scările încet.

— Da? spune vizibil speriat.

— Sunteți domnul Night?

— Da...

— Regret să vă deranjez la ora asta, dar trebuie să vorbesc cu dumneavoastră. E vorba despre soția dumneavoastră.

— Larisa? Ce s-a întâmplat? Spuneți-mi.

— Nu v-ați întrebat de ce nu a venit acasă nici la ora asta?

— E plecată în interes de muncă în Franța și se întoarce în două zile. Care e problema?

— A suferit un accident.

— E bine? Ce fel de accident? De mașină sau ce?

E normal să fie îngrijorat, dar nu am nicio idee ce să-i răspund. Ce i-aș putea spune? Că un monstru diabolic i-a deschis corpul și s-a jucat în el cât timp ce ea era semiconștientă?

— Nu, nu a fost de mașină. Nimic din ce vă închipuiți. În astfel de cazuri, vă spun sincer, prefer să nu fiu eu cel care anunță familia.

— Dar trăiește? întreabă cu vocea sugrumată.

— Îmi pare rău.

— Adică, ce vreți să spuneți? Unde e Larisa? întreabă ținându-se cu mâna de clanță.

— Nu a putut supraviețui, doctorii au făcut tot ce le-a stat în putință, dar a fost prea târziu. Sincere condoleanțe.

Și când am spus asta, am simțit cu adevărat durerea prin care trece el. Pentru o secundă m-am pus în locul lui, iar disperarea am preluat-o și eu.

— Îmi pare rău, domnule Night.

***

Imaginile cu tânăra Larisa m-au bântuit toată noaptea sau ce mai rămăsese din ea. Nu încetam să mă întreb de ce ea, ce a avut cu ea, nu am înțeles legătura. De unde a știut el sau ea, oricine ar fi criminalul, că eu voi descoperi hârtia în ziua aia?

Înainte să intru în birou, mă opresc la magazinul de după colț să iau patru cafele. Mă aștept să o găsesc pe Maya la birou, dar e doar John.

— Ai ajuns de mult? întreb.

— Acum o oră. Ai dormit bine?

— Nu prea, dar sunt mai odihnit decât am fost când te-am lăsat.

— Nici eu n-am închis un ochi toată noaptea.

— Știi cumva când vom primi corpul Larisei?

— Ar trebui azi sau mâine cel târziu. James ne va da de veste imediat cum îl are, sunt sigur.

— Corect. Unde este Maya?

— Aici sunt, zice ea.

Fața îmi zâmbește când o revăd.

— Abia aștept să am ca trofeu capul acelui nenorocit.

— Asta da motivație, apuc să zic.

— Bună ziua, se aude o voce din spatele meu, făcându-mă să mă întorc în direcția sunetului.

O femeie înaltă, puțin plinuță, cu părul răvășit și îmbrăcată sumar se îndreaptă spre mine.

— Da? Cu ce vă putem ajuta? intervine John.

— Am văzut la știri că directoarea acestei secții e arestată.

— Și?

— Tot acolo au spus că, dacă avem orice informație legată de criminal sau dacă am văzut sau auzit ceva, să sunăm la poliție.

— Așa...

— M-am gândit să vă zic personal.

— Vă ascult. Luați loc, vă rog, o invit.

— Samantha, una dintre victime, e cea mai bună prietenă a mea, a fost, se corectează imediat. Când am văzut-o la televizor pe doamna Melissa Gibbs, mi s-a părut că o știam de undeva, dar n-am putut să-mi amintesc de unde. Până astăzi.

— De unde? întreabă Maya.

— Samantha lucra la un restaurant, unde era chelneriță. Într-o seară, înainte să se termine tura ei, m-am dus să o văd. Rămăsese că o să doarmă la mine peste noapte. Eu tocmai ce mă despărțisem de prietenul meu, iar ea s-a oferit să stea cu mine. Parcă de nicăieri, a venit Melissa asta și a început să se certe cu ea.

— De ce se certau?

— Nu am înțeles foarte bine și nici Samantha nu a vrut să-mi spună apoi, deși am întrebat-o de câteva ori. Era ceva legat de faptul că făcea o greșeală, că bărbatul cu care se vedea ea atunci nu e bun pentru ea.

— Și prietena dumneavoastră ce spunea?

— Mai nimic. Doar încerca să o facă să se oprească. Era stânjenită de situație și se uita încontinuu în jurul ei. Managerul o privea insistent. Îi era teamă că va fi dată afară. Într-un final, a reușit să o convingă pe directoarea voastră să iasă afară, unde au discutat mai bine de zece minute. Le puteam vedea de pe geam cum gesticulau.

— Iar apoi?

— Femeia a plecat, iar prietena mea s-a întors în restaurant.

— Cum s-au despărțit?

— Asta a fost ciudat. După atâta scandal, s-au îmbrățișat, iar apoi doamna s-a urcat în mașină și a plecat.

— Asta e tot ce vă amintiți? Ea nu v-a mai spus nimic altceva?

— Nu, nimic.

— Vă mulțumim pentru că ați venit. Ne-a ajutat foarte mult.

O conduc spre lift, apoi mă întorc la birou.

— Ce dracu' se petrece? Nu mai pricep nimic, spune John.

— Cred că încep să-mi dau seama.

— Spune-ne și nouă, insistă Maya.

— Poate greșesc, dar nu am găsit nicio logică în toată treaba asta. O cunoaștem pe Melissa destul de bine, iar ei nu-i plac deloc cuvintele încrucișate. N-ar face nici măcar un rebus pentru copii. Totuși, în casa ei am găsit acel puzzle cu următorul indiciu. Dar cum ar fi știut ea că ne vom întoarce acolo? Încă ceva. Inițial, în noaptea în care m-a sunat pentru că cineva îi intrase în casă, n-am crezut-o, până când echipa de la laborator mi-a confirmat. Am început să am dubii cu privire la ceea ce presupuneam despre ea. Toate aceste victime au legătură cu ea. Sunt doisprezece în total, printre care și foștii ei iubiți.

— Nu înțeleg de ce totul o incriminează pe ea.

— Nu doar pe ea.

— Ce vrei să spui?

— După ce a plecat Claire, am început să cercetez mai îndeaproape terenul.

— Ai aflat ceva?

— Am făcut rost de numele pacienților neveste-mii de la secretara ei, pentru că ea a spus că nu-mi dă informații decât cu mandat și nu aveam timp de așa ceva.

— Păi și cum naiba ți i-a dat?

— Are o slăbiciune pentru mine.

— Și ai aflat ceva util?

— Claire i-a avut pe toți pacienți, de la primul până la ultimul. Până și Larisa era pe listă.

— Vrei să spui că...?

— Încă nu vreau să rostesc asta cu voce tare, cel puțin până ce nu aflu mai multe informații.

— Derek, ar putea ca femeia nepotrivită să fie acum în spatele gratiilor, nu înțelegi?

— Există posibilitatea deja să fi făcut o greșeală, nu vreau să o repet. Nu am nicio dovadă clară împotriva lui Claire.

— Dacă stai puțin să te gândești, nu prea avem nici de la Melissa.

— Motiv pentru care vreau să o vizitez. Maya, fă-i tu o vizită soției mele dragi.

— Eu rămân aici, spune John, încerc să aflu câte ceva.

— Vrei să mă duc *eu* la Claire? întreabă ea șocată.

— Da. Eu nu sunt pregătit să dau ochii cu ea.

***

Melissa n-a fost transferată încă. Va rămâne în secția locală până la soluționarea cazului.

După ce ofițerul de serviciu îmi notează numele în registrul de vizitatori, sunt condus într-o încăpere sumbră și rece, în care niște scaune mici sunt așezate două câte două, de-o parte și de cealaltă a unei mese. Aștept liniștit ca Mel să intre în orice secundă, simțindu-mă ca un puștan la prima întâlnire.

Ridic privirea în direcția ușii care se deschide. Vine însoțită de un agent de pază care o ține de braț. Nici nu o mai recunosc. Nu poartă machiaj, iar lipsa acestuia îi scoate în evidență cearcănele, ochii mari, gura și fața palidă. Poartă o salopetă portocalie și niște teniși albi, mari și foarte murdari.

În puținul timp de când este aici, a trecut prin schimbări radicale.

Îi zâmbesc, deși nu știu de ce fac asta, pentru că se află după gratii din cauza mea și echipei mele.

Nu îmi întoarce zâmbetul, în schimb, mă privește rece și încruntat, de parcă m-ar acuza pentru tot răul care i se întâmplă. Se așază pe scaunul din fața mea, fără să spună ceva.

— Cum ești, Mel?

Evită să mă privească și pare lipsită de vlagă. Pe de-o parte, o înțeleg, dar pe de altă parte, sunt sigur că și ea ar fi făcut același lucru ca și mine.

— Știu că sunt ultima persoană pe care ai fi vrut să o vezi, dar am nevoie de ajutorul tău.

Nu răspunde, așa că tot eu vorbesc, sperând că pot să o conving să colaboreze. Poate așa am vreo șansă de a o scoate de acolo.

— Ultima dată când am discutat, nu ajunsesem prea departe cu cazul. Dar am noi descoperiri, pe care aș vrea să le împărtășesc cu tine. Ce zici?

— Nu am niciun motiv să te ajut. Sunt aici din cauza ta. Te găsesc întru totul răspunzător pentru asta.

— Știu, dar mă întreb dacă tu ai fi procedat altfel în situația mea?

— Nu m-aș fi gândit nici în ruptul capului că ai fi vinovat de vreo crimă. N-aș avea cum. Cred în tine și te cunosc. Aș fi discutat deschis. Mă rog, ce sens mai are să vorbim despre asta?

Cuvintele ei mă fac să mă simt atât de vinovat și nici nu am cu ce să mă apăr. Melissa ar fi luptat pentru mine, în schimb, eu am renunțat la ea.

— Încep să te cred.

— Pe bune?

— Înțelege-mă, nu am avut de ales. Totul a dus în direcția ta. Am încercat să te ocrotesc, nici nu știi cât, dar greșeala ta a fost că mi-ai ascuns. Ar fi trebuit să vii la mine și să-mi povestești tot. Așa cum spui tu că nu ai fi renunțat la mine, așa nici eu nu ți-aș fi ascuns ție nimic. Ajută-mă să te ajut! Spune-mi adevărul, măcar acum.

După câteva secunde, își ridică privirea, își pune mâinile pe masă, își înclină corpul în față și spune:

— E prea târziu. Cum ai spus și tu, totul duce spre mine.

— Poate c-ar trebui să îți aduci aminte că ești directoarea agenției, că ai jurat că vei proteja țara. Dacă insinuezi că ești nevinovată, demonstreaz-o. Dacă vrei să te victimizezi și să putrezești în închisoare, este alegerea ta, dar nu mi-o pune mie în cârcă.

Mă ridic de pe scaun, cu gândul să plec, dar mă trage de mână și mă oprește.

— Fără contact fizic, zbiară unul dintre gardienii din spatele ei.

— Ok, spune-mi de ce ai nevoie, îmi zice ea.

Nu cred că își imagina cât de mult îmi doream să-și schimbe atitudinea. Cât de mult speram să mă oprească din drum și să nu plec. Dacă ar fi trebuit să o implor, aș fi făcut și asta. Numai să o văd afară din locul ăla, din hainele alea.

— Doar adevărul! Ia-o de la început.

CAPITOLUL 18

— Am evitat să-ți spun, pentru că nu cred că ești pregătit să afli.

— Zilele astea am trecut prin prea multe lucruri, așa că nimic nu mă mai poate șoca.

— Știi motivul pentru care am ales să fiu detectiv, înainte de toate? Pentru a salva oamenii de psihopați dementi cum este cazul care m-a băgat aici. Pentru a putea face un bine, pentru a-mi face tatăl fericit. În ziua în care m-am despărțit de tine nu a fost pentru că mi-am pus munca pe primul loc, așa cum ai presupus tu, și nici pentru că nu voiam ca lumea să știe de noi, ci pentru că devenisem sensibilă, slabă, pentru că învățasem să pun suflet. Părinții mei nu mi-au arătat ce e iubirea, apropierea. La mine a fost mereu școală și luptă pentru a ajunge oriunde, chiar dacă vorbeam de un dans la școală: trebuia să fiu cea mai bună. Iar competiția asta nenorocită m-a determinat să pun capăt, dar nu am încetat să te iubesc. Am tot căutat oameni care să-ți semene, de asta am avut atâția pretendenți. Apoi, Claire a rămas însărcinată și te-ai căsătorit. Mi-am dat seama că te-am pierdut pentru totdeauna, iar atunci am decis că trebuie și eu să-mi refac viața... cumva.

— Ce vrei să spui?

— Ce vreau să înțelegi este că nu m-am întâlnit cu atât de mulți bărbați pe cât crezi. Am avut mult timp de gândire de când sunt aici. Mi-am dat seama că majoritatea mă căutau pe mine, nu invers.

— Continuă, spun intrigat.

— I-am luat pe toți pe rând. Cei dispăruți nu au fost contactați de mine. Unul după altul mă căutau pe rețelele de socializare, dar niciodată doi în același timp.

— Cineva a înscenat totul?

— Tind să cred asta. Fără să mi-o iei în nume de rău, totul a început din momentul în care tu te-ai căsătorit. De atunci, mulți bărbați mi-au ciocănit la ușă.

— Zi-mi despre seara în care m-ai sunat să vin.

— Păi, nu a fost prima dată când am auzit astfel de zgomote prin casă. Se întâmpla atât de des. Dar în noaptea aia, am clacat. Știam, undeva în sinea mea, că nu-mi vei da crezare. Așa că am preferat să nu-ți spun nimic.

— Oare Claire ar putea avea legătură cu asta?

— Pe mine mă vedeai în stare, dar pe ea nu? se miră Melissa.

— Nu mai interpreta ce zic. Am locuit sub același acoperiș. Nu știu când ar fi avut timp să facă toate astea. Și, mai ales, criminalul nostru este o persoană destul de inteligentă.

— Nu mă pot pronunța în legătură cu ea. Tu ar trebui să o cunoști mai bine de atât.

— Adevărul este că nu mai știu nimic. Claire a fost în stare să mă înșele, chiar dacă era cu mine sub același acoperiș. În fine, cine crezi că vrea să-ți facă rău?

— Asta e întrebarea ta? Derek, am fost agent, am pus mulți în spatele gratiilor. Iar apoi, ca directoare, nu a fost ușor.

— Așa e. Totuși, chiar nu înțeleg ce se întâmplă. De atâtea zile ne învârtim efectiv în cerc. Dar sunt încă atât de multe lucruri care nu se leagă.

— Cum ar fi?

— Criminalul îmi lasă bilete. Mai nou, încep să le primesc la birou.

— Deci e cineva care mă cunoaște atât pe mine, cât și pe tine.

— Nu mă pot gândi la nimeni altcineva decât la Claire.

— Nu judeca înainte să ai dovezi. Nu face aceeași greșeală de două ori.

— Ah, era să uit. Uite, ți-am adus niște cuvinte încrucișate, poate îți va trece timpul mai repede.

— Mie? Închisoarea te schimbă, dar nu atât de mult încât să-mi placă să fac prostiile astea. Știi că urăsc jocurile de cuvinte. O carte ar fi fost mult mai interesantă.

— Aici voiam să ajung, dar aveam nevoie să fiu sigur. Așa cum ai spus și tu mai devreme să verific de două ori.

— Ce vrei să spui?

— M-am reîntors la tine acasă. Am început să scotocesc peste tot, am tot avut sentimentul că am ratat ceva.

— Și?

— Și am găsit ceva în șifonier, în spatele cutiilor de sus. O hârtie. Era un fel de puzzle din cuvinte. Le-am descifrat și ne-au condus spre o altă victimă.

— Deci a fost la mine în cameră?

— Se pare că da.

— Cine e victima?

— Larisa Night.

— E moartă?

— Din nefericire... A despicat-o în două. Îi puteam vedea toate organele... Crede-mă, nu vrei să afli mai multe detalii.

— Înainte de a schimba subiectul, mai am o întrebare. Doar ca să fiu sigură. Tu ai venit până aici doar ca să mă testezi?

— Nu. Voiam să te văd cu ochii mei că ești bine, pe cât posibil, iar apoi să-ți spun ce am descoperit.

— Încă nu-mi vine să cred calea pe care ai ales-o. Nu mi-aș fi închipuit niciodată că ai fi în stare să-mi faci asta.

— Vei avea timp de mai multe reproșuri după ce te voi scoate de aici. Voi găsi adevăratul criminal, ai să vezi.

— Timpul a expirat, anunță un gardian, iar eu încuviințez din cap.

— Mi a părut bine să discutăm. Ai grijă de tine în văgăuna asta, Mel.

Odată afară, urc în mașină și o sun pe Maya.

— Ai reușit să vorbești cu soția mea?

— *Da, însă, după mine, nu ea e vinovată. Are gura mare, e adevărat, dar totul se rezumă la sunet, nu și la acțiune.*

— La dracu!

— *Derek, în continuare, nu avem nici cea mai vagă idee cine este criminalul. Cred că ne uităm în direcția greșită.*

— Ne întâlnim la secție, închei conversația, pornind motorul mașinii.

De la o vreme, nici nu realizez când trece timpul atunci când conduc. Zici că sunt pe pilot automat, iar gândurile mi-o iau la goană la cine ar putea să fie criminalul.

Ajuns la birou, îl văd pe John foind niște hârtii.

— Tocmai ce m-am întors de la spital, spune el. Trupul Larisei este la James de ceva timp. Am fost și la el, dar m-a dat afară imediat spunând că ne cheamă când are ceva concret.

— Simt că înnebunesc. Mă crezi?

Îmi atrage atenția un plic așezat pe teancul de hârtii de lângă monitor. Desfac hârtia și văd scris: *caz 29098786*, urmat de trei semne de exclamare.

— Cine a pus asta aici?

— N-am observat nimic. Ce e?

— Trebuie să găsim dosarul cu numărul ăsta. Hai să mergem la subsol. O sun pe Maya să vină și ea acolo, atunci când ajunge.

Coborâm scările și intrăm în arhivă. Începem să căutăm disperați.

Am petrecut ore în șir aici. Mâinile au început de mult să ne tremure, iar stomacul să chiorăie, dar îi ignorăm strigătele și ne concentrăm asupra documentelor din fața noastră, fără să ne pese de nimic altceva.

— Am găsit, spune Maya. Cazul ăsta se numește „Ucigașul Clovn”. Uite, e pomenit și în ziar:

„Tatăl tânărului a fost judecat și condamnat la închisoare pe viață, însă agentul Melissa Gibbs, în cele din urmă, a scos la iveală adevăratul făptaș. Băiatul acestuia, în vârstă de nouăsprezece ani este criminalul. Deși inițial chiar el și-a denunțat părintele, susținând că își bătea mama până abia se mai ținea pe picioare, într-un final s-a dovedit că mințea. Acum tânărul este acuzat de vătămare corporală, omor din culpă, violare de domiciliu și tortură. Înainte să fie închis, s-a întâlnit cu tatăl lui, cu scuza de a-și lua rămas bun, și l-a omorât prin înjunghiere."

— Nu prea văd nicio legătură. Ce număr are?

— 26098786.

— Nu e ăsta.

Simt că îmi pierd răbdarea. Cazul ăsta poate nici nu există.

— Uite, 29098786: o familie cu opt copii, care locuia în sudul Angliei. Cel mai tânăr dintre ei, poreclit de către frații mai mari *pișăciosul*, pentru că mereu uda patul, s-a dovedit a fi mai dezechilibrat. Când tatăl lor a murit, mama și copiii s-au mutat la munte, pentru a lucra la o fermă. Juniorul a fost trimis la școală, dar abia a reușit să treacă de primele trei clase. Pentru că se simțea slab, maltratat de toți și nesigur pe el, în timp, acesta s-a izolat. La vârsta de treisprezece ani, și a omorât pe rând în somn frații. Apoi i-a mutilat și a mâncat părți din corpurile lor. Pe mama lui a violat-o. A fost prins de Melissa când încerca să se spânzure în podul casei.

— Ai spus casă la munte. E vreo adresă? întreb.

— Da, spune Maya.

— Plecăm într-acolo mâine la prima oră.

CAPITOLUL 19

După insomnia de azi-noapte, mă gândesc tot mai mult să iau pastile.

Nopțile devin din ce în ce mai nefaste, mai scurte, iar zilele obositoare. Mă ridic din pat cu o greutate chinuitoare. Nu pot înceta să mă gândesc la Claire și la Melissa. Totul apasă pe umerii mei și nu am nicio soluție să mă pot elibera. Mă simt ca într-o menghină, în care cel mai negru coșmar al meu este conștiința.

Urmează să mă întâlnesc cu John și Maya în douăzeci de minute. Am timp să-mi fac o cafea, să închid ochii pentru o secundă și să-mi imaginez că totul va ieși bine de data asta.

Îmi beau cafeaua și privesc pe geamul camerei, care dă în stradă. Sunt nerăbdător, din nu știu ce motiv.

Când John parchează în fața casei, iau ghiozdanul și ies. O să facem în jur de două ore și jumătate până în Walsh.

— Bună dimineața, îmi spun ei.

— 'Neața și vouă. Sunteți pregătiți pentru o nouă aventură?

— Nu cred că e ceva ce-mi doresc mai mult decât să se termine odată tot rahatul ăsta în care, efectiv, plutim.

— Poate suntem norocoși astăzi și cabana e ceea ce căutăm.

— Tu ești singurul care găsește în locul ăla un indiciu. Noi doar te urmăm, să mai schimbăm aerul, zice zâmbind, dar nu văd nicio legătură. M-am mai uitat după ce tu ai plecat peste câteva alte dosare. Am făcut o listă cu potențiali suspecți pe care am de gând să îi verific.

— Perfect. Am speranțe în legătură cu locația asta. Nu mă întrebați de ce, nu am niciun motiv.

— Eu cred că ne ducem degeaba, continuă Maya negativistă.

Pornim spre căsuța de munte, și ne oprim de două ori la benzinării, prima dată pentru a cumpăra o doză de energizant, iar a doua pentru a alimenta. Drumul mi se pare interminabil, iar razele soarelui îmi bat direct în geam, îndemnându-mă la somn. Pot spune că am moțăit mai toată călătoria. Când intrăm în Walsh, mă așez mai bine pe scaun și încep să mă uit în jur curios.

— Cam în cincisprezece minute cred că ajungem, spune John.

— Mereu am vrut să venim aici în vacanță, eu și Claire, departe de oraș și zgomot. Peisajele sunt superbe.

— Eu am fost, nu demult. Am stat la o cabană puțin mai departe de unde mergem. După o săptămână, mi se făcuse dor de oraș, zice Maya.

— M-aș muta definitiv aici cu nevastă-mea, spune John. Munți cât vezi cu ochiul și aer curat.

Vremea e bună, deși puțin cam rece, dar soarele se menține sus pe cer, oferind un peisaj superb în jurul nostru. Copacii sunt atât de verzi și vii, iar păsările cântă de zor. Ce prostii gândesc! Noi nu suntem în vacanță. Suntem pe urmele unui criminal psihopat și cine știe peste ce grozăvie o să mai dăm în curând.

Cabana e situată pe o cărăruie care dă în pădure, în spatele ei, doar munți și sălbăticie. E înconjurată de copaci înalți. În fața ei sunt câțiva butuci, de jur împrejurul ei fiind așezate lemne de foc.

— Nu pare a fi o cabană în care cineva s-ar juca cu intestinele oamenilor.

— Da, pare prea liniștită și normală.

— Haide să ne apropiem.

Mergem cu pași mărunți, pregătiți pentru orice eventualitate. Urcăm treapta și privim pe fereastra mică. Înăuntru nu se vede mai nimic. E liniște totală.

— Ciocăne tu, John. Dacă nu deschide cineva, intrăm cu forța.

După ce el face prima mișcare, așteptăm câteva secunde. Eu arunc din când în când o privire prin geam, dar nu apare nimeni.

— Spargem ușa? întreabă el.

— Nu face asta. Lasă-mă pe mine să o deschid, ca să nu lăsăm urme și să se prindă careva că îl căutăm, se oferă Maya.

Își scoate din buzunarul de la pantaloni o trusă mică din piele, din care ia o agrafă, o spirală și un spray. Trebăluiește puțin la mecanismul încuietorii, apoi ușa se deschide larg. Intrăm pe rând, ultimul fiind eu.

Interiorul cabanei este unul rustic, cu un ambient plăcut, deloc incriminator.

Șemineul pe lemne nu pare să fi fost folosit de câteva zile. Deasupra sunt poze înrămate cu peisaje din natură. Pe pereți sunt câteva animale împăiate și un mic dulap cu haine de bărbat și de femeie, nimic elegant, nimic ieșit din comun. Mai e o masă de două persoane și două scaune din butuci. În a doua cameră se află un pat mare, o lampă așezată pe o noptieră și o carte. O ridic și îi citesc cu voce tare titlul: „1793-În umbra morții" de Niklas Natt.

— Nu are gusturi rele la cărți, zic. Voi ați găsit ceva?

— Totul pare în ordine, prea în ordine, aș putea adăuga.

— Sau poate nu suntem unde trebuie. Așa cum am bănuit. Uite-te și tu, pereții sunt acoperiți cu niște covoare de pe vremea bunicii. Nu prea aș zice că un criminal poate să fie atât de sentimental, să spunem.

Am petrecut în cabană mai bine de o oră. Nu am găsit nimic care să ne ducă măcar cu gândul că aici a avut loc vreun fel de crimă. Totuși, eu încă am presimțirea că ceva nu este tocmai ok.

Părăsim locația cu gândul acesta și ne urcăm în mașină.

***

La secție, o altă surpriză mă întâmpină. O zăresc încă din prag pe biroul meu — o scrisoare. Inima începe să-mi bată și un fior rece îmi trece prin întreg corpul.

— Avem o altă scrisoare, le spun colegilor, văzând numele meu pe plic.

Desfac plicul, scot foaia frumos împăturită și citesc:

Simți cum ai pierdut...o săptămână, două din viața ta degeaba? Uită-te cum ai ajuns! Fără soție, fără viitor, alergând după un criminal invizibil. Renunță, cât încă mai ai un loc de muncă de care să te agăți.

— Mă scoate din minți, țip, lovind cu pumnul în birou.

— Asta-i exact ceea ce vrea, zice Maya.

— Chiar am sperat că în acea cabană vom găsi răspunsul, continui eu.

— Și ce propui să facem acum? De renunțat, nu avem cum. Cumva trebuie să-l prindem, întărește ea.

— Cum? Spune tu cum? Nu mai pot gândi limpede. Să-l ia dracu' de nenorocit, spune John.

— Se joacă mereu cu mintea noastră. Probabil că și acum ne urmărește de undeva, adaug. Mă voi duce să vorbesc eu cu Claire, poate aflu ceva.

— Dar am vorbit cu ea.

— Exact. Ai fost tu, nu eu! Vezi dacă James are ceva.

— Bine, te sun dacă am vești.

Simt cum fața îmi ia foc de furie. Mă urc în mașină și mă descarc pe volanul fără vină.

În continuare, mă gândesc la cabana aia. Ah, de ce mă simt legat de ea? Poate pentru că am sperat?

Mă duc la Claire la birou. Cu toată nebunia asta, realizez abia acum că nici nu am avut timp să înaintez actele de divorț. Nici nu sunt pregătit să o văd.

Deloc surprins, observ că are o altă secretară. A dat-o afară pe cealaltă, după episodul cu mine.

— Bună! Doamna Smith este?

— Da. Cine sunteți dumneavoastră?

Am primit răspunsul de care aveam nevoie, așa că nu mai stau pentru a-i oferi detalii. Deschid ușa biroului și dau năvală peste ea. Secretara se ridică grăbită și strigă după mine:

— Nu puteți intra! Așteptați!

— Bună, Claire!

— Îmi cer iertare, doamnă! Nu am avut ce face. A intrat pur și simplu.

— Te rog, ieși din birou, i se adresează ea.

Claire se îndreaptă spre mine, zâmbind încântată de prezența mea. Primul imbold al ei a fost să mă îmbrățișeze. O refuz, îi fac semn să se așeze și spun:

— Nu sunt aici din motivul la care te gândești tu.

— Încă ești supărat?

— Nu mai sunt demult.

— Atunci de ce nu-mi mai dai o șansă?

— Nu vreau să discut despre asta. Sunt aici să vorbim despre altceva. Maya a venit să te viziteze zilele trecute. Spune-mi, ce legătură ai tu cu toate crimele?

— O luăm de la capăt cu asta?

— Răspunde-mi la întrebări și așa vom reduce timpul petrecut sub același acoperiș.

— După cum i-am spus și colegei tale, sunt pacienții mei, dar nu pot spune nimic mai mult despre asta.

— Claire, sunt dispăruți și morți. Trebuie să ne ajuți să îi găsim. Dacă știi ceva ce ar putea să ne ajute, fă-o acum.

— Tot ceea ce știu despre ei nu te va ajuta cu nimic. Nu sunt într-o stare critică, nu sunt psihopați, sunt doar oameni cu probleme normale, să spunem așa, probleme pe care le găsești zi de zi la oricare dintre noi.

— Cum ar fi?

— Spre exemplu, Charlie Foster are probleme de concentrare. Și mai este unul, hmm...

Descuie un dulap și observ că pe lanțul de chei încă are pandantivul din plastic cu poza noastră. Se întoarce cu un braț întreg de dosare și începe să le răsfoiască.

— Așa, aceeași problemă o găsim la Mathew Frazer și la Jimmy Ryde. Doamna Mooney și Kelly suferă de tulburări de memorie.

— Samantha Kelly?

— Da, ea. De ce?

— E moartă. Cât de grave erau pierderile ei de memorie?

— Nu am avut multe ședințe cu ea, dar din ce am vorbit, nu-și aducea aminte foarte multe aspecte din copilăria ei, dar le putea evoca fără nicio problemă pe cele dureroase. Chris avea o ușoară întârziere mentală. Cum ți-am și spus, nu te ajută cu nimic. Am dreptate?

Nu răspund, dar ea se folosește de asta pentru a-și susține ideea că ea are dreptate și eu nu.

— Nu ai nicio pistă încă?

— Ba da, însă nu ceva concludent. În fine, mulțumesc pentru ajutor! Mai e ceva ce vrei să-mi spui legat de asta? Sigur nu știi nimic ce m-ar putea ajuta?

— Ți-aș zice, dacă ar mai fi ceva.

— Da, cum mi-ai spus multe alte lucruri, zic răsucindu-mă spre ușă.

Mă străfulgeră o idee, mă întorc spre ea și spun scurt:

— Dă-mi dosarele lor.

— Nu am cum, sunt confidențiale. Doar știi asta.

— Mi le dai de bună voie sau cu mandat. Alegerea ta.

— Aștept mandatul, după cum v-am mai spus.

Ieșind din biroul ei, îi arunc o privire triumfătoare secretarei. Oarecum mă oftică faptul că a dat-o afară pe cealaltă. Nu fusese vina ei.

Odată ajuns în mașină, deja știu ce urmează să fac. Am luat o decizie.

CAPITOLUL 20

E în jur de unsprezece noaptea când ajung într-un final din nou la cabană. Gândul că am lăsat ceva în urmă mă urmărește constant. Există marea probabilitate să mă înșel și să fiu aici din dorința de a scăpa de cazul ăsta, chiar dacă în spatele acestor uși, din nou să nu fie nimic.

Mi-am urmat, totuși, instinctul și am plecat fără să anunț pe nimeni. Mare greșeală. Parchez, scot telefonul din buzunar, văd că am două apeluri pierdute de la John, unul de la Maya și alte trei de la Claire. Decid să-i las un mesaj doar lui John: *M-am întors la cabană. Simt că am ratat ceva sau poate mă agăț de asta pentru că n-avem nicio altă pistă. Am crezut prea mult că aici vom găsi răspunsul. Te țin la curent.*

I-am ignorat complet apelurile lui Claire, gândindu-mă că vrea să insiste cu împăcatul și nu-mi pot ocupa mintea cu așa ceva acum.

M-am obișnuit deja fără ea, fără certuri, scandaluri și alte conspirații. Oare am iubit-o vreodată?

Când sunt aproape de căsuța de munte, observ că stocul de lemne din fața casei e redus, iar înăuntru e lumină.

Îmi scot pistolul din teacă și merg prin spatele acesteia. Mă străduiesc să mă uit prin fereastră, dar nu văd pe nimeni înăuntru.

Zăresc încă un geam undeva mai sus, pe care l-am ratat prima dată. Mă urc pe un butuc, să pot ajunge să văd în interior, încercând să fac cât mai puțină gălăgie. Mă aștept ca în orice moment un bătrân să iasă pe ușă cu un pistol și să înceapă să tragă pe unde apucă. Mă aflu pe o proprietate privată în toiul nopții.

Mă țin cu mâinile de pervaz, ridicându-mă cât de mult pot, pentru a vedea ce se află dincolo de fereastră. Atunci îmi cade arma din mână, lovindu-se de marginea butucului pe care stau. Rămân nemișcat vreo câteva secunde, concentrându-mă asupra zgomotelor din jurul meu. E liniște. Sunt în siguranță.

Cobor, iau arma și merg ușor spre fața casei. Mă las în genunchi, pentru a nu fi observat prin fereastră, îmi ridic ușor capul și arunc o privire înăuntru.

Șemineul a fost aprins și încă arde puțin jăratec, dar oricine ar fi fost, probabil a plecat sau s-a băgat la somn.

Nu am cum să dau buzna în casa omului, mai ales dacă e cineva în ea, dar nici n-am cum să plec de aici, până nu-mi scot din cap ideea.

Ceva trebuie să fac. O să risc.

Încerc ușa, așteptându-mă să fie încuiată, dar nu e.

Alte gânduri îmi trec prin cap, însă cel mai groaznic e faptul c-aș putea intra direct într-o capcană. Fac primii pași în casă. Luminez în jurul meu cu lanterna de la brâu pe care o port în permanență la mine. Totul este în ordine.

— E cineva aici? Sunt de la poliție.

Niciun răspuns. Caut întrerupătorul, însă acesta nu merge.

În capul meu se derulează un film de groază. Îmi simt inima în stomac, bătând cu putere.

Continui să verific camerele de la etaj. Încerc scările, lăsându-mi greutatea de pe un picior pe celălalt, pentru a verifica dacă spațiul de sub mine este gol, apoi intru-n fiecare dormitor. Deși știu că a fost cineva de curând aici, a lăsat totul neatins.

Cobor din nou și mai arunc o privire în jurul meu: mica bibliotecă, jarul, animalele împăiate, covorul de pe perete, totul îmi pare atât de familiar. Dacă ar fi fost John cu mine, mi-ar fi spus că am luat-o razna și că este normal să mă simt așa, pentru că am fost aici doar cu puține ore în urmă. Tind să cred că înnebunesc și încep să mă și îndoiesc cu privire la venirea mea aici. Pare timp pierdut.

Nici nu apuc să-mi termin bine gândul, că mă aud vorbind de unul singur. *Baia!* Acolo nu am fost până acum. Dau cu piciorul ușa de perete. Mă asigur că cineva nu se ascunde după aceasta, numai ca să constat cu surprindere că ceva e tare ciudat. Cabina de duș lipsește, dar capul de duș există și e agățat de tavan. *Unde se duce apa?*

Podeaua nu e în pantă și nu văd nicio scurgere. Totuși, un recipient cu șampon și un gel de duș sunt lângă perete și sunt pe jumătate goale. *Deci cineva locuiește aici.*

Dau la o parte micul dulap din încăpere și văd că peste tot, la colțuri și în spatele lui, pereții sunt mucegăiți. E singura cameră așa. Poate pentru că nu-i aerisită?

Dar pentru asta e geamul din colț, îmi răspund singur.

Ceva e putred, în afară de mucegai. Fac un pas afară din baie și mă uit încă o dată din prag. Tata îmi spunea mereu „Privește problema din ansamblu. Nu te uita după lucrurile mărunte. Concentrează-te pe cele din fața ta”.

Abia acum îmi dau seama că baia este mult mai mică, raportat la lungimea peretelui exterior. Iau lanterna și încep să bușesc ușor în zid.

Când mă apropii de cel paralel cu geamul, podeaua scârțâie sub greutatea corpului meu. Mă dau doi pași mai în spate, dar aici nu se-aude nimic. Revin în locul care mi-a atras atenția. Ridic covorașul pe care stăteam mai devreme. Sub mine se află o trapă.

Am avut dreptate! Baia e doar pentru decor. Dacă ai face duș sau ai da drumul la apă cât de puțin, ar inunda încăperea.

Îmi scot arma, ridic ușor mânerul și apoi trapa, încercând să nu fac zgomot. Întunericul îmi blochează vederea, iar mirosul îmi dă mari dureri de cap.

Înăuntru sunt niște scări, iar imediat în dreapta un întrerupător. Deși nu este cea mai inteligentă mișcare, îl apăs, așteptându-mă să nu funcționeze. Totuși, lumina se aprinde, făcând totul mai ușor de inspectat. Rămân pe loc, ascultând atent după orice mișcare, dar în continuare e liniște. Cobor scările una câte una, mă uit în dreapta și-n stânga, încercând să nu-mi vărs mațele din cauza mirosului de urină, mucegai și parcă medicamente. Pereții sunt transpirați, lucru care mă duce cu gândul că nu există nicio aerisire în încăperea asta. La baza ultimei trepte, holul lung are două camere pe fiecare parte, toate cele patru uși fiind închise.

Mă apropii de prima, încerc mânerul și împing ușor. Primul lucru pe care l simt este aerul foarte rece, de parcă aș fi intrat într-un congelator. Camera e întunecată și nu pot distinge mare lucru. Îmi scot lanterna și luminez. Iar acesta e punctul culminant. Femeia devoalată pe masa de operație din bucătărie mi se pare o nimica toată comparativ cu ce văd acum.

Din tavan, atârnă patru cadavre, înfășurate strâns în celofan. Inițial, imaginea îmi amintește de carnea suspendată dintr-un abator, numai că de data asta sunt corpuri umane. Ar putea fi chiar persoanele dispărute.

Cât de bolnav să fii pentru a face așa ceva? Mă apropii cu greață de primul cadavru și luminez. Are celofan transparent lipit de față, ochii bulbucați și gura deschisă de parcă încă ar fi urlat după ajutor.

Stomacul meu nu mai rezistă. Nici nu apuc să-mi întorc privirea, că mă las instant în jos și vomit. Mă ridic amețit, vrând să mă lipesc de un perete până îmi revin, dar mă lovesc cu spatele de alt cadavru. Tresar speriat, ies din cameră și închid ușa în spatele meu. Trag aer în piept și rămân nemișcat câteva secunde. Îmi scot telefonul din buzunar cu gândul să-l contactez pe John, dar nu am semnal. Am doar o liniuță care apare și dispare. Încerc să apelez serviciul de urgență, însă din cauza lipsei semnalului, nu se face legătura.

Renunț și îmi continui drumul spre a doua ușă. Mâinile și genunchii îmi tremură, iar starea de greață revine. *Doamne, ajută-mă să nu vomit, acum nu e momentul.* Apăs mânerul, dar e încuiat. Nu insist, ci merg mai departe la a treia, care, la fel, nu se deschide. În schimb, la a patra funcționează, spre mirarea mea.

Rămân blocat în fața ei, cu inima cât un purice, indecis dacă să intru sau nu. Lumina puternică provenită de la neoanele din tavan îmi dă și mai mulți fiori. Ceea ce e-n fața mea nu are cum să fie făcut de o ființă umană.

Camera e puțin mai mare decât prima sau poate iluzia creată de lumină o face să pară așa. În dreapta mea, pe un dulap din lemn masiv cu uși albe din plastic sunt desene ale corpului uman, portrete cu schițele lui Michelangelo și tot felul de instrumente chirurgicale: fierăstrău, foarfeci, chiuretă, bisturiu, măști și mănuși chirurgicale, iar atârnate de ușă sunt patru halate albe perfect curate. Pe podea sunt pete de sânge uscat, la fel și pe unele dulapuri.

În mijlocul camerei este o masă lungă din metal cu ceva pe ea, iar la baza ei se află o găleată plină cu sânge în care plutesc mațe, un ochi și fecale, cred, dar nu sunt sigur.

Masa acoperită de o pânză albă îmi amintește de Larisa. Dacă până acum am fost în dubiu, acum sunt sigur. Iadul există. Iar eu îl trăiesc în momentul de față.

Ucigașul este cu adevărat o întruchipare fictivă a creatorului lui Frankenstein.

Corpul întins e format din bucăți care aparțin mai multor persoane, poate chiar ale cadavrelor incomplete cu care s-a început investigația. Mușchii feței sunt cusuți cu ață groasă maro, mâinile și picioarele la fel. Abdomenul este deschis, lăsând la vedere interiorul. Ridicând privirea, observ cu stupoare că în locul unde ar trebui să fie o inimă sunt de fapt două. Și mai mult de atât, sunt și conectate.

Încerc să mă uit în altă parte și zăresc o ușă ce pare blocată de un dulap. Podeaua e zgâriată în zona aia, iar asta mă duce cu gândul că dulapul a fost mișcat de multe ori. Împing mobilierul, pentru a-mi face loc să intru, și apăs pe clanță. Iau arma din teacă, scot lanterna și luminez pereții încăperii.

— Dumnezeule mare, spun șocat.

De jur împrejurul pereților sunt agățate poze și nu numai. Sunt frânghii dintr-o parte într-alta a camerei pe care sunt atârnate fotografii și bucăți decupate din ziare. În orice direcție mă uit, mă văd pe mine, în timp și în ipostaze diferite. Eu peste tot. Multe cu Claire, apoi cu Maya, John, chiar și cu Melissa, de pe vremea când eram împreună. Unele poze sunt recente, chiar de la locul crimei.

— Dumnezeule, am fost urmărit toată viața mea și nu am avut nici cea mai vagă idee.

Scot telefonul și fac în grabă câteva capturi. Sunt aici de mult timp, expus și în pericol. Simt cum mâinile îmi îngheață, broboane de transpirație îmi curg de pe frunte, iar degetele-mi sunt încleștate pe telefon. Nimeni nu mă poate auzi. Trebuie să ies.

Închid trapa, așez covorul la loc și mă duc în camera de zi.

Zăresc lumina unei mașini ce se-apropie de cabană.

Înlemnesc pentru o clipă și deja îmi preconizez sfârșitul. Aici o să mor, iar nimeni nu va ști de mine. Voi fi și eu unul dintre cadavrele expuse.

Nu încă. Mă las în genunchi pentru a nu fi reperat, mă uit în jur și-mi amintesc de o fereastră prin lateralul casei pe unde aș putea ieși. Încerc să alerg, dar fără spor, pentru că frica aproape că mă ține pe loc. Până ajung în dreptul geamului mi se pare o eternitate. Deși îl forțez, nu se deschide. Toată groaza mi se adună în gât și simt că mă sufoc.

Nu am timp să mă gândesc și nici să-mi plâng de milă. Observ la baza ferestrei o mică manivelă din fier ce ține geamul pe loc. O răsucesc și încerc din nou. Spre norocul meu, se deschide. Mă străduiesc să ies fără să fac zgomot, iar în momentul în care am ambele picioare afară, ușa cabanei scârțâie. Nu mai apuc să închid geamul. Fug printre copaci, tufe, sar peste trunchiuri căzute. Vreau să fiu cât mai departe de locul acela.

Ajung la mașină cu inima parcă bătându-mi în gât și pornesc ca un bezmetic spre casă. Telefonul mi se conectează la vehicul și, nu după mult timp, primesc mesaje cu multe apeluri nepreluate. Îl sun pe John, deși e patru dimineața.

— *Alo,* spune el, abia trezit din somn.

— John, sunt eu, Derek.

— *Derek, slavă cerului! Te-am sunat de atâtea ori. De ce te-ai întors la cabană?* întreabă cu vocea brusc revigorată.

Îi explic totul cu lux de amănunte. Rămâne mut, însă oricum nu avea ce să mai spună.

— Nu mă voi întoarce acolo. Tu și Maya va trebui să aduceți întăriri cu voi și ne întâlnim la douăzeci de mile distanță, la ultima benzinărie înainte să intri pe drumul de munte. Bine?

— *Da. Rămâi acolo, Derek, nu mai face o altă prostie.*

CAPITOLUL 21

Rămân în parcare, cu mașina pe avarii. Din instinct sau teamă, mă uit încontinuu în jurul meu.

După ceva timp, enorm de mult pentru mine, văd cinci Land Rover-uri negre cu girofarurile aprinse că intră în benzinărie. Pornesc motorul și le atrag atenția pornind scurt de două ori faza lungă, apoi mă infiltrez între mașina a treia și a patra și le urmez.

Parcăm puțin mai departe de cabană și, fără să mai pierdem timpul, ne îndreptăm spre intrare. E atât de liniște, încât îmi pot auzi gândurile care aleargă nebune, dându-mi dureri de cap. Vreo zece agenți se răspândesc în jurul cabanei, iar cinci rămân în fața mea, eu fiind urmat de John și Maya. Spargem încuietoarea și năvălim în interior.

Totul este exact așa cum am lăsat.

Casa e înconjurată. Dacă mai e cineva aici, nu are cum să scape. Câțiva urcă scările, iar alții rămân jos cu mine. Mă dezmeticesc și le fac semn să mă urmeze în baie. Ridic trapa ce duce în pivniță, apoi îi las pe ei să coboare primii.

Stau neclintit, așteptând orice gen de confirmare din partea lor. La numai câteva minute, care mi-au creat sudori pe sub vesta antiglonț, unul dintre ei spune tare și răspicat: „Liber”.

— L-am ratat. La dracu’!

— Stai liniștit. Acum suntem cu toții aici. Scotocim și sub pietre și tot aflăm cine este, zice Maya.

Coborând la subsol, mirosul îngrozitor mă izbește din nou. Le arăt camerele, cadavrele agățate de pereți, pozele cu noi, corpul de pe masă și găleata cu organe. Ei rămân la fel de oripilați cum am fost eu cu puține ore înainte.

— Avem nevoie de un medic legist urgent! Aduceți-l pe James aici, zic.

Nu primesc niciun răspuns. Îmi întorc privirea și întreb:

— Unde este James?

Îl aud pe John întrebând detectivii din spatele lui, iar după câteva secunde se îndreaptă spre mine și spune simplu:

— Nu dăm de el.

Maya înaintează spre unul dintre dulapurile laterale, unde rămâne câteva secunde nemișcată. Își întoarce privirea perplexă spre mine și zice:

— Știe că suntem aici!

— Poftim?

— Uite, asta este pentru tine, spune întinzându-mi ceva.

— A știut că eram aici tot timpul? Cum dracu’ s-a putut întâmpla asta? întreb smulgând scrisoarea din mâinile ei, apoi deschid plicul și citesc:

A fost o aventură pe cinste, nu? Te-ai descurcat destul de bine să ieși pe fereastra aceea așa de mică într-un timp atât de scurt. Mă întreb dacă și acum eu sunt singurul de care îți pasă? Mi-ai oferit toată atenția de la bun început, iar restul vieții tale s-a destrămat.

— Ce-a vrut să spună cu asta? întreabă John.

— Unul din două lucruri: Claire sau Melissa, dar Mel este încă închisă.

— Derek, a fost eliberată după ce ai vizitat-o tu la secție, spune Maya parcă regretând cuvintele ce i-au ieșit pe gură.

— Cine i-a dat drumul?

— Nu știu, am crezut că ai intervenit tu, răspunde ea.

— Nu am fost eu, cum mama dracului să fiu eu.

— Pentru că ai zis că vei face ceva să o scoți și am crezut că...

— Nu pot să cred. Dar ea nu are nicio legătură. Este nevinovată. În schimb Claire m-a sunat de nenumărate ori, dar am crezut că... Sunt un prost. Un mare idiot.

Scot telefonul și o sun, însă nu răspunde. Mai încerc o dată, la fel.

— Derek, ce e? insistă Maya.

— Cred că o are pe Claire. Tu sun-o pe Mel.

— Pe Melissa?

— Ți-am spus să o suni, fă-o!

Scoate telefonul din buzunar și formează, dar nu răspunde. Nici Claire și nici Melissa. Simt că înnebunesc, simt că turbez de spaimă.

— Și e numai vina mea, pentru că sunt un egoist. Nu m-am gândit decât la mine, la cazul ăsta. Are dreptate. Dacă pățește vreuna dintre ele ceva, nu mi-o voi ierta niciodată.

— N-aveai de unde să știi, spune Maya.

Încerc să o sun eu pe Mel, iar de data asta o voce masculină, groasă și oarecum familiară îmi răspunde:

— *Derek, prietenul meu de-o viață!*

— Cine ești? Unde e Mel? Dacă îi atingi un fir de...

— *Liniștește-te! Ea e bine, pentru moment! Dar să lăsăm asta pe mai târziu. Nu știi cine sunt? Îmi rănești orgoliul.*

Mă uit la John și Maya și le fac semn să localizeze convorbirea. John iese grăbit și aduce cu el un alt detectiv, care se ocupă de interceptarea apelurilor.

Încerc să trag cât mai mult de timp să-mi spună ceva, să-l pot recunoaște, deși vocea îmi pare atât de familiară.

— Spune-mi cine ești și ce vrei de la mine.

— *Vrei să avem o discuție prin telefon? Echipa ta încă n-a aflat unde sunt?* întreabă sfidător.

Pare atât de degajat pentru un criminal care știe că va putrezi în închisoare dacă-l prind.

John îmi face semn să mai trag de timp câteva secunde.

— Spune-mi unde să vin să vorbim direct și vin.

— *Unde mai e distracția? Tu trebuie să mă găsești. Haide, joacă-te cu mine!*

— Te voi prinde și...

— *Păstrează-ți puterile pentru mai târziu, dragul meu. Și ar fi bine să arunci o privire în jurul tău. Tic, tac...*

Mi-a închis telefonul în nas.

— Derek, trebuie să vezi ceva, spune Maya, acoperindu-și gura cu mâneca.

Brusc simt că nu mai am aer. Mă uit pentru prima dată la cele patru corpuri înfășurate în folie și în unul dintre ele o văd pe mama. Are fața schimonosită și gura larg deschisă, de parcă ar țipa. Simt că mor, că asta e tot ce mai pot duce. Arunc telefonul din mână și încep să zbier:

— Să m-ajute cineva să o dau jos!

Îi rup folia cu mâinile goale și o desfac de-acolo. E ciopârțită și plină de sânge. Alunec pe podea lângă ea și îi mângâi obrajii.

Mă salt apoi în picioare și mă duc nebunește către restul de corpuri, verificându-le pe fiecare în parte și rugându-mă să nu fie și tata. Intru în camera cu masa, unde doi oameni din echipa mea se pregăteau să ridice trupul acoperit cu pânza albă. Rămân cu ochii blocați la ei, când, din greșeală, un coleg mișcă masa. De sub cearceaf iese o mână. Un tatuaj pe care îl cunosc prea bine îmi sare în ochi. Forma de clepsidră pe care și-a făcut-o tata pe vremea când era în armată mi-a rămas veșnic în minte.

Încep să plâng și cad la pământ, deși știu că am spectatori. John încearcă să mă ridice, dar corpul mi-e de plumb. O parte din mine s-a stins odată cu părinții mei. Țip în deznădejde. Blestem nebunește.

Nu vreau să văd cum arată tata acum. Închid ochii, încercând să păstrez o amintire de când ei erau bine. Respir de parcă aerul nu-mi ajunge și aștept să fie scoși de aici.

După minute întregi în care zac ghemuit pe podea, mă ridic și zic:

— Sper că l-ați găsit.

— Da, spune tipul care se ocupă de interceptări.

— Unde e?

Se uită la mine cu teamă și îmi dau seama de răspuns. Îmi pun mâinile pe cap, încercând să-mi smulg părul, însă m-adun repede și adaug răstit:

— Haideți, ce mai așteptați? Ieșiți mai repede de aici.

Avem de condus cel puțin două ore până acasă. Îmi doresc să pot zbura sau să mă teleportez. Mă rog doar ca măcar ea să fie încă în viață. Apăs pe accelerație, pornesc girofarul și fac slalom printre mașini.

***

Ajung în fața casei Melissei, iar scena se repetă, după aceeași strategie: unii înconjoară clădirea, alții sunt în față, eu înaintez urmat de echipa mea. După ce sparg ușa, detectivii îmi fac loc. Mă strecor înăuntru printre ei și atunci o zăresc.

Melissa stă pe scaun, legată de mâini și de picioare. Are sânge închegat pe tâmplă și răni de la frânghia care aproape că i-a tăiat pielea. Pe piept are o altă urmă roșie.

Mă apropii de ea și îi pun mâna pe gât. Încă are puls, deși slab. Trăiește.

Din spatele meu apare James, îmbrăcat în alb.

— Ce cauți aici?

— Ce vrei să spui? Am venit la locul crimei.

— Ce crimă? Unde ai fost acum câteva ore?

— Nu te înțeleg.

Cu cât vorbește mai mult, cu atât realizez că ceva undeva creează un mic scurt circuit.

— L-am căutat peste tot. Îmi pare rău, Derek, spune Maya pe un ton dezamăgit.

— Opriți căutările, spun pasiv, aproape șoptind și neclintindu-mi ochii de la James.

Mă ridic ușor și mă apropii de el.

— Cum adică?

— L-am găsit!

— Ce tot spui acolo?

— E momentul adevărului, James, spun uitându-mă la el oarecum pierdut.

— Derek, ai luat-o razna? Asta nu-i o joacă.

— Într-adevăr. Nu este. Dar asta ai urmărit de la bun început. Răspunde-mi, unde dracu ai fost când noi toți eram la cabană?

Se holbează la mine de parcă n-ar înțelege, își îndreaptă corpul și își lasă trusa pe podea. Își trece mâinile prin părul cărunt și ne privește pe toți pe rând, ca și cum ar fi pentru ultima dată. Apoi se uită la cei doi detectivi din pragul ușii. Sunt pregătiți în orice moment să tragă. Se întoarce către mine, iar după câteva secunde adaugă:

— Nu m-ai fi prins niciodată.

Rămânem cu toții blocați. Era ultima persoană la care ne-am fi gândit.

— James, tu? reușește ea să spună. De ce?

Se îndreaptă spre scaunul din fața lui, apoi ia loc și se uită la noi.

Nu mi-aș fi imaginat vreodată că bunul meu prieten ar fi în stare de așa ceva. Dacă ar fi fost oricine altcineva, probabil că l-aș fi înhățat deja și l-aș fi trimis la închisoare. Dar nu și acum. Doar vreau să-i ofer acele câteva momente pentru a-i asculta motivele. În sinea mea, într-un mod bizar, îi mai dau o șansă sau îmi doresc să fie alta realitatea, iar el să confirme asta.

James își lasă capul în pământ, iar la câteva secunde distanță, când își găsește cel mai adecvat răspuns, își ridică brusc privirea.

— Din răzbunare, zice fixând-o pe Maya cu o privire de gheață. Iar acum lumea nu mă va uita niciodată. Vă aduceți cu toții aminte de Jack Spintecătorul. Prima lui crimă a fost în anul 1888. Și nici până în ziua de astăzi nu s-a uitat. A devenit o legendă, un om de valoare.

— Cu o singură diferență, el nu a fost prins niciodată, rostesc cuvintele cu sarcasm.

— Ah, dragul de tine. Derek, ești încă un copil. Nu știi ce vrei de la viață. Te-am urmărit toți acești ani. Te-ai jucat cu iubirea, cu Melissa, cu locul ăsta de muncă, chiar și cu tine.

E întrerupt de ambulanța care oprește în fața casei. Din ea ies doi oameni îmbrăcați în alb, care sunt conduși până la Mel. La câteva minute distanță, o iau pe sus pe targă și îi așază un tub de oxigen pe față. Apoi se pierde în mulțimea și zarva de afară, la fel precum luminile mașinii de salvare se pierd ușor în noapte, sunetul stingându-se din ce în ce mai mult, până se face neauzit.

Am crezut că în momentul în care voi prinde criminalul mă voi simți ușurat, eliberat, dar ceea ce simt acum e tristețe, o tristețe ce mă învăluie complet. S-au întâmplat atât de multe lucruri într-un timp infim de scurt... Mel a fost închisă, iar eu n-am făcut nimic pentru singura femeie pe care am iubit-o cu adevărat. Soția mă înșela, iar James, prietenul meu de nădejde, sfătuitorul meu, este de fapt un criminal. El mi-a ucis părinții. Îmi doresc doar ca moartea lor să fi fost rapidă. Mă așez pe un scaun la ceva distanță de el, îmi las capul în mâini și rămân așa câteva secunde.

Dar James simte o dorință arzătoare să se afunde și mai rău.

Rostește cuvinte grele pe care parcă nu i le pot atribui lui, nedemne de omul în care m-am destăinuit ani la rând și pe care-l aveam aproape, indiferent ce s-ar fi întâmplat.

— Îți amintești de băiatul meu? întreabă el, apoi continuă fără să aștepte un răspuns. S-a sinucis de tânăr, Derek. Pentru că dragostea lui, unica lui iubire nu a fost împărtășită.

— Și ce treabă am eu cu asta?

— Pentru că totul e din vina ta. El a iubit-o dintotdeauna pe Claire. Dar ea a rămas însărcinată cu tine, iar tu te-ai căsătorit cu ea, chiar dacă nu o iubeai, pentru că erai îndrăgostit de nimeni alta decât de Melissa. În fiecare zi în care veneai și îmi povesteai despre Claire, despre cât de puțin însemna ea pentru tine, de dorințele tale ascunse pentru altă femeie. Te-am ascultat și cu greu m-am putut abține să nu îți spintec jugulara dintr-o mișcare. Dar nu am făcut-o. Ar fi fost o moarte prea rapidă pentru tine. Așa că am omorât ceea ce tu iubești cel mai mult: pe Melissa. Nu simt nicio urmă de remușcare sau știu eu, agitație ori resentimente pentru ce am făcut. Și asta pentru că sunt o fire puternică. Sunt cât se poate de lucid când omor pe cineva. Cu părinții tăi a fost mai greu. Îi cunoșteam de atâta amar de vreme, iar când le-am bătut la ușă, mama ta mi-a deschis și eu imediat i-am dat un pumn în față. A căzut la pământ, apoi tatăl tău a coborât scările în grabă. Eu îl așteptam la baza lor cu un cuțit pregătit. Nu a avut timp să-și dea seama despre ce e vorba, că i l-am și înfipt de câteva ori în abdomen. Ce-i drept, aici am făcut o greșeală pe care o regret. Fără să vreau, i-am străpuns stomacul și duodenul. Aveam nevoie de ele, dar apoi mi-am întors privirea spre mama ta, care se dezmeticise puțin. I-am dat un picior în față, apoi i-am înfipt cuțitul în cap. După care, liniște totală. Dar vezi tu, nu te-ai gândit nicio secundă la ei. Nu i-ai sunat nici măcar o dată, în fine, nu despre asta este vorba acum. Mi-am șters urmele, am așteptat seara să se aștearnă și ghici ce, Dumnezeu a fost de partea mea. Începuse a ploua torențial, iar asta m-a ajutat cum nu am sperat. Nu era nimeni pe stradă. Am avut timpul necesar să îi înfoliez, să îi urc în mașină și să curăț urmele.

Simt cum vena de la cap îmi pulsează într-un ritm sălbatic. Am pumnii încleștați și o ură pe care simt nevoia să o consum pe el.

— Ești un nenorocit, zice John, înainte să apuc eu să reacționez, apoi se înfige în umerii lui, îl ia pe sus cu o ușurință incredibilă și îl aruncă peste masă.

Medicul își șterge sângele de la gură și zâmbește.

— Nu am nevoie de iertarea nimănui. Niciunul dintre voi, pramatiilor, nu are dreptul să mă judece. Ați greșit cu toții, dar nu sunteți în stare să recunoașteți. Toți aveți păcate, dar tu, Derek, cele mai multe.

Mă ridic de pe scaun, mă apropii de el, cu vocea răgușită, îi spun aproape șoptind:

— Mă voi ocupa personal de tine. Iar cu fiecare minut viața ta va fi din ce în ce mai cumplită. Voi fi coșmarul tău. Vei ajunge să regreți și să mă implori să te duc în iad. Ești un laș, un om de nimic.

Le fac semn agenților să-l ia. Aceștia îl încătușează, dar înainte să iasă, James strigă în urma lui:

— Tu trăiești deja un coșmar!

***

Plec la spital imediat. James a fost preluat de echipă și urmează zile negre pentru el, așa cum i-am promis.

— Melissa Gibbs unde este? o întreb crizat pe recepționera spitalului.

— Dumneavoastră cine sunteți? întreabă ea calmă ignorându-mi starea de spirit.

— Spune-mi unde este, fir-ar al dracului, urlu arătându-mi insigna.

Abia acum își ridică ochii din calculator, iar cu vocea speriată îmi spune să aștept să vină doctorul care se ocupă de ea. Imediat apoi, vocea i se aude în toată instituția:

— Domnul doctor Stephen la recepție de urgență, vă rog! Doctor Stephen la recepție!

John intră pe ușă, se apropie de mine și zice panicat:

— Ai aflat ceva?

— Nu știu nimic. Acum aștept să se miște oamenii ăștia mai repede. Trebuie să vină medicul.

— Liniștește-te, adaugă el pe un ton nu foarte încrezător.

— Bună seara, spune bărbatul îmbrăcat în alb. Sunt..

— Cum se simte?

— Vă rog, haideți să vorbim în...

— Spune!

Acesta se uită în stânga și-n dreapta, dând de înțeles că totul este în regulă agenților de pază care sunt deja pregătiți să mă înhațe, considerându-mă doar un alt nebun care intră în spitalul lor.

— Îmi pare rău. A pierdut mult sânge. A avut o hemoragie internă. Am făcut orice ne-a stat în putință să o salvăm.

Îmi așez o mână pe umărul lui John pentru a-mi susține corpul, pe care brusc îl simt ca pe un sac de cărămizi, după care sunt așezat pe un scaun. Rămân acolo minute întregi, nu știu câte. Nu spun nimic, nu plâng, nu țip. Sunt pur și simplu împietrit.

EPILOG

Zilele trec una după alta.

Tot ce fac este să stau în pat, să mă uit la televizor. Nu am tras draperiile de săptămâni întregi. Din când în când, Claire, singura care a scăpat cu viață din coșmarul ăsta, mă mai vizitează.

După două luni, ies din casă pentru prima dată. Lumina soarelui mă deranjează groaznic. Este ziua în care merg la magazin și iau trei buchete mari de flori pentru locurile de veci ale părinților mei și al Melissei. Nu am fost în stare să mă duc la înmormântarea lor. Iar acum, după atâta vreme, nu sunt capabil încă să procesez sau să accept ceea ce s-a întâmplat. Mă găsesc vinovat pentru tot, pentru toți oamenii pe care i-am pierdut.

Între timp, Maya și John au găsit restul cadavrelor celor dispăruți.

Eu am rămas în umbră, departe de poliție, de prieteni, de orice ființă umană.

Întorcându-mă de la cimitir, realizez că locul meu nu mai e aici. Îmi fac bagajul și plec definitiv din oraș.

Am lăsat totul și pe toți în urmă, sperând că, poate, într-o zi, îmi voi reveni.

Sfârșit!

Mulțumiri

În primul rând pentru cititori: vă mulțumesc pentru că îmi sunteți alături.

Ralucăi Irimie si Irinei Dumitru, pentru tot ceea ce m-ați ajutat să realizez. Sunteți minunate!

Surorii mele, Cosmina, și soțului meu pentru că mi-ați fost mereu aproape, pentru sprijinul și încrederea pe care mi le oferiți. Și nu în ultimul rând, prietenilor care m-au ajutat in realizarea unor clipuri minunate.

Vă mulțumesc din inimă,

Aria.

Alte cărți din colecția Cassius Books:

Ajută-mă să-mi amintesc – L.M. Aria

Becca se trezește în sanatoriul administrat de doctorul Max. Fără trecut, găsește refugiu în acesta și îi încredințează fiecare fărâmă de amintire pe care o poate găsi.

Gloanțe oarbe – Raluca Irimie

Visul lui era să fie un erou. Credea că asta îi va aduce pacea, dar s-a înșelat. Experiența i-a demonstrat de prea multe ori că, într-o fracțiune de secundă, poate pierde totul.

Moartea îi face tot mai des cu ochiul și, ca într-un joc de șah, orice mișcare poate să-i fie fatală.

Complicații inutile – Raluca Irimie

„Complicații inutile" surprinde o colecție de momente pe muchie de cuțit, Raluca Irimie antrenându-și fără milă personajele în niște situații amețitoare, unde miza de a trăi își poate pierde orice greutate. - Andrei Dullo

Ceața albastră – Irina Dumitru

Într-o lume utopică, orionii, extratereștrii sosiți pe Terra din Constelația Orion, veghează la menținerea păcii. Fiecare ființă conlucrează în regimul politic numit universalism, unde oamenii sunt monitorizați în permanență prin intermediul unui cip implantat.

Însă, în această lume perfectă, medicul David Iacob are un secret. Își duce existența supus regulilor, până într-o zi, când viața lui se schimbă. Rebela Maya îl răpește pentru a o salva pe mama ei.